独秀峰王城题咏

主编　覃延欢

副主编　杨达荣

广西师范大学出版社
GUANGXI NORMAL UNIVERSITY PRESS
·桂林·

图书在版编目（CIP）数据

独秀峰王城题咏／覃延欢主编．—桂林：广西师范大学出版社，2013.8
ISBN 978-7-5495-4042-6

Ⅰ．①独…　Ⅱ．①覃…　Ⅲ．①诗词—作品集—中国
Ⅳ．①I22

中国版本图书馆 CIP 数据核字（2013）第 156510 号

广西师范大学出版社出版发行
（广西桂林市中华路 22 号　邮政编码：541001
网址：http://www.bbtpress.com）
出版人：何林夏
全国新华书店经销
广西民族语文印刷厂印刷
（广西南宁市望州路 251 号　邮政编码：530001）
开本：787 mm × 1 092 mm　1/32
印张：9.625　　字数：200 千字
2013 年 8 月第 1 版　　2013 年 8 月第 1 次印刷
印数：0 001~1 500 册　　定价：32.00 元

序　言

樊运宽

从王城坦荡的土地上，突兀而起、直指九天、孤危高耸的独秀峰，宛如一位仙女，从天外飞来，至此戛然而止，亭亭玉立，娇姿媚态，楚楚动人，亦有方家惊叹它的巍峨伟岸，陡峭笔立，誉之为“南天一柱”。在它层层叠垒的崖壁上，嘉木葱茏，瑶草葳蕤，青翠欲滴。无论前后观看，还是左右眺望，它都很俊俏清丽，秀色迷眼。如若乘兴拾级而上，一路光景变幻，更令人有身临天国神境之感。翠麓深院，物华昭彰，清池曲桥，亭台雕栏，古墙高塔，琼楼殿堂，石雕龙马，木刻珍禽，高悬牌匾，古树名花，林林总总，目不暇接。这座千年池苑，乃明代藩王府第，清代官署贡院，民国时期的广西省府。新中国成立后，人民大众入主，在此设立了一所高等学校，是为名校广西师范大学，这里从此成专为国家培养人才的重要基地。不寻常的兴变踪迹，丰富的人文元素，深厚的文化底蕴和幽雅的自然美景，使它成为历史文化名城、国际旅游明珠桂林的核心和缩影，成为展示桂林最重要的窗口和胜地。

历代多少文臣武将、骚人墨客驻足于此，无不为之陶醉，为之倾倒，情不自禁地挥毫抒怀，所作题记、诗词、楹联层出不穷，仅独秀峰上下四周的古今石刻就有一百四十余件。漫步王城，登临秀峰，几若畅游诗山文海。然而，吟咏它的诗文，却大量地散见于各种书籍、报刊，广泛传播于神州乃至世界各地。

新世纪时势清明，我国社会、经济飞速发展，文化建设随之加强，各地诗词组织林立，作者蜂起，创作日趋繁荣。人民生活水平的提高，促进了旅游业的兴旺，国内外游客潮水般涌向山水甲天下的桂林，入王城观光的人接踵而来，四季川流不息，每有文人雅士兴来吟咏，抒发感受。而社会的进步，人们对自然美探索的深入，借助景物表现思想、抒发情怀的能力和技巧的提高，必然使模山范水之作蕴含更多的现实社会内容和生活气息，更具时代精神，具有更高的审美价值。遗憾的是人们看到的相关作品毕竟有限。正当大家渴求阅览赏读更多题咏，以便进一步了解这座遐迩闻名的城池时，覃延欢、杨达荣两位教授应时作为，悉心编辑出版此书，这无疑是呈献给大家的一席文化盛宴，是对桂林文化建设的新贡献。

覃、杨两位先生，一位从事明清史教学和研究，曾发表学术论文数十篇，并汇集成皇皇巨著出版，又曾应广播电台、电视台邀请，多次向大众作关于王城的专题讲座，对这座名城的相关掌故、历史和现状及其沿革了如指掌，多有见地；一位致力于中国古代哲学研究，博通佛道儒学，学术研究成果丰硕。他们丰富的学养、广博的才识、宽阔的学术视野和扎实的著述能力，使他们配合默契，工作得心应手。两人又都喜爱并擅长辞章，出版了诗集，既谙诗律词律，又多审美鉴赏能力。诗家选诗，更善识别优劣，更重品格韵味。他们博览简册钩深致远，反复筛选，从严择优，方定稿成书。诚然，由于千百年积累，文史资料卷帙汗牛充栋，时空所限，未必尽得浏览，难免遗珠。但从全书来看，均较为优秀，其中颇多丽句佳章，堪称精品。编者又加了作者简历和一些注释，以助人研读理解，作品排列也很得体，不失为一册好选本。

从刘宋颜延之营筑读书岩，经清代贡院，到今天规模宏大、拥有四万多名在校师生的著名学府，千年文脉，源远流长，《独秀峰王城题咏》从不同层面、不同角度涉及了它的辉煌，这对于向往和关爱这座名城的人来说，是多有裨益的。

编著者说明

桂林是全国著名的历史文化名城，而桂林王城则是桂林历史文化名城的中心。王城内的独秀峰，号称“南天一柱”，孤峰拔起，峥嵘挺立。站在峰顶眺望，整个桂林风光浮在眼前，真有“山城如画画难评”之感。

从南北朝以来，独秀峰吸引了成千上万的中外游客和文武官员、文人学者。他们到此参观游览，挥毫泼墨。留下的大量诗词对联、题名题字和榜书，成为桂林珍贵的历史文化遗产。

桂林王城是广西师范大学办学的老根据地。早在一千五百年前，我国著名文学家、诗人颜延之任始安郡太守时，常到独秀峰下读书写诗，留下闻名于世的“颜公读书岩”遗址。这里具有悠久的文教遗风。1953年奉党中央之命，广西师范学院（今广西师范大学）就开始在王城办学。我们收集自古至今骚人墨客赞颂独秀峰王城的诗词对联、题名题字和榜书，汇成《独秀峰王城题咏》一书出版，对人们了解独秀峰王城丰富的历史内涵、广西师大办学传统及王城办学和旅游质量的提高都具有重大意义。

本书收集的诗词联题咏，从南北朝的刘宋至今，共有作者180人，作品400首。这些作品有一部分是刻在王城和独秀峰石壁上的，也有许多是从古籍、私人诗集和诗词刊物上收集来的。为保存作品原貌，我们不做任何修改，只对一些重要诗篇作些简单的注解。所有作品我们都加上作者简介。关于作品的思想观点问题，由于时代原因，有些作品内容用今天的观点衡量是不合时宜的，如有的作品对太平天国有诋毁之语。为保存作品原貌，我们不加修正，也不作任何评价，让读者去鉴别。本书大体上按作者生卒朝代或作品产生年代顺序编排，不分类别。对跨朝代的作者，则以其作品的内容和撰写时间来定。但同一时代的作者排列先后并不是很严格的，主要原因是对其作品产生年代的先后无法准确地考证；也不是论资排辈，而是具有一定的任意性。每个作者的条目在书中只能出现一次，以免重复。

为编辑此书，我们费了近两年时间，查阅了《粤西诗载》、《桂林石刻》、《桂林近四百年名家诗词选》等数十部著作，同时又在独秀峰王城进行实地调查和考察。据了解，有关独秀峰王城的诗词对联作品，远远不止此数。由于种种原因，有部分作品无法收集，这只能期待后人继续努力完成。编辑此书，我们虽然付出了不少时间和心力，但由于水平有限，书中的疏漏和错误还是难免的。我们真诚希望有关领导、专家和广大读者提出宝贵意见，予以纠正。

覃延欢

2012年4月于桂林王城

目录

桂林王城的变迁(代前言)

覃延欢

承运殿遗址(蓝宪民摄)

桂林王城是全国保存最完整的一座明代藩王王城。它是在明代洪武五年(1372)开始兴建的，历经明、清、民国，至今已有640年历史。明朝时它是靖江王府，清朝为广西贡院，民国时期为广西省府，新中国成立后是广西师范学院(今广西师范大学)校址。

过去史学界对桂林王城历史的研究曾发表过许多论著,唯对王城变迁的研究却不多见。本文拟对桂林王城的变迁过程及变迁的历史特点,作一个初步的探讨。

一、明·靖江王府

桂林王城原是明朝靖江王府。明太祖朱元璋建立明王朝后,为巩固其统治,实行分封政策。朱元璋共有26个儿子和一个侄孙,除太子朱标和末子朱楠不封藩王外,其余从洪武三年至二十四年(1370—1391)都分封到全国的名城大都去当藩王,共有25个藩王。他的侄孙朱守谦被封到山水甲天下的桂林,称为靖江王。按规定每个藩王都建有王府王城,但能保存至今且保存得最完整的只有靖江王城。1963年广西壮族自治区把靖江王城定为广西重点文物保护单位。

朱元璋为何选择桂林作为藩府之地呢?主要有两个原因:一是桂林素以山水甲天下著称,古往今来,多少名人学者前往桂林观光游览。到明代,桂林已发展成为全国三十三座城市之一[①],是名城大都,完全符合朱元璋封藩的条件;二是广西为中国的南大门,而桂林则是镇守广西的军事据点,又是广西封建统治的中心。“俾王靖江,以镇广海之域”,这就是朱元璋封靖江王的根本目的。此外,选择桂林独秀峰附近作为王府所在地,也是有其历史渊源的。

独秀峰是桂林主要名山之一,峰高60多米,东南北三面都是悬崖峭壁，无法攀登。只有西麓有一条蜿曲石磴小道，可通山顶。山从平地拔起，孤峰高耸，端庄峻秀，气势雄伟。有诗云："桂林山形奇八九，独秀峰尤冠其首。"早在一千五百多年前我国南朝刘宋时，著名的文学家颜延之到广西任始安郡太守，常到独秀峰下读书游览，留下了"颜公读书岩"遗址。他赞颂独秀峰曰："未若独秀者，峨峨郛邑间"[②]，独秀峰由此得名。到唐代中期，桂州刺史李昌巙在独秀峰前建立宣尼庙，开办学宫，"设东西庠以居胄子"，成为桂林开办最早的学校。宋代在独秀峰下建有铁牛寺，"内有塔藏院"。元代改为大园寺，元朝末帝元顺帝妥懽帖睦尔在即位前，曾被贬到桂林大园寺住了两年(1331—1333)，即帝位后为思念他当年的旧居，改大园寺为万寿殿。《明史》言："桂林有元顺帝潜邸，改为王宫。"[③]靖江王府就是在元顺帝潜邸的基础上建立起来的。

如前所述，靖江王府是在明朝洪武五年(1372)开始兴建的，它比永乐四年(1406)建的北京故宫早了三十四年。其结构布局主要是：前有承运门(今师大校门)，中为承运殿(今师大办公大楼)，后是寝宫(分前中后三宫)。左建宗庙，右筑社坛。红墙绿瓦，云阶玉陛，"悉依王制"。寝宫后面是包括独秀峰、月牙池在内的御苑(花园)，苑内栽有四时不谢之花，长有四季皆青之草，种有经年长青之树，还畜养鹿兔犬马，陈列奇石假山。围绕宫殿主体建筑，还广建楼堂厅馆，亭阁轩室，构成一个朱邸四达，规模宏大的王府建筑群。

为保卫王府安全，洪武二十六年(1393)开始修建王城，永乐元年(1403)建成。历经十年之久。王城周长三华里，呈四方形。城墙高一丈五尺，厚二丈。城内外皆用大青石砌成，中间填以碎石、灰浆、泥土，夯实打紧，十分坚固。城辟四门，东为“体仁”(今东华门)，西为“遵义”(今西华门)，南为“端礼”(今正阳门)，北为“广智”(今后贡门)。城门洞为圆拱形，长约七丈，宽一丈五尺。城坚门深，气势森严。

在明朝二百余年中，靖江王传世十一代十四王[4]，他们过着“清闲快乐”的生活，没有太大的作为，唯末代靖江王朱亨嘉的儿子朱若极(后改名石涛)成为清初全国著名画家。

李自成领导的明末农民大起义推翻明王朝。清朝顺治七年(1650)清定南王孔有德攻陷桂林，进驻桂林王城，把靖江王府改为定南王府。

清顺治九年(1652)李定国率领农民军攻打桂林，当年六月二十九日，农民军在兴安严关与大溶江之间的山谷中，重创孔有德部队，结果“清兵大败，天大雷雨，横尸被野”。七月一日，孔有德亲自到大溶江督战，又被农民军打败，清兵“弃甲断骼，遍于溪谷”，孔有德见势不妙，单身逃跑，“急入桂林，闭城守”。李定国跟踪追击，把桂林城“围之三匝”。七月四日农民军攻入桂林城的武胜门，孔有德登城督战，被农民军一箭射中前额，仓皇退居王府，举火自焚[5]，历时二百五十多年的靖江王府，顿时化为焦土瓦砾，剩下的除了月牙池外，几乎只有承运门和承运殿的台基[6]。

从此靖江王府就不存在了。明朝之后在靖江王府遗址上的历代建筑，并非靖江王府，更不能称为靖江王府，只能称为靖江王府遗址而已。

二、清·广西贡院

清顺治十四年（1657）在桂林王城设立广西贡院。封建社会规定，各省要将通过科举考试选拔出来的人才，像进贡土特产那样进贡给皇帝，故名贡院。广西贡院就是广西乡试的机构。

清朝的科举考试分为院试、乡试、会试和殿试四级。院试是在府、州的学院举行，每年一次，被录取者称为秀才。乡试是在省的贡院举行，每三年一次，被录取者称为举人，获第一名者称为解元。会试是在京城举行，也是三年一次，获第一名者称为会元。殿试也称廷试，在皇帝的宫殿中举行，皇帝亲临监考，被录取者称为进士。殿试成绩分为三等即三甲，第一甲第一名称为状元，第二名称为榜眼，第三名称为探花。

广西贡院也同全国各省贡院一样，是按统一规格建筑的。其结构主要分为两个部分，前一部分是“号舍”（考生住房），后一部分是“内帘”，即考官阅卷、弥封、誊录、校对的场所。号舍又分为两翼，中间有监考用的高楼称为“明远楼”。清朝广西贡院的龙门就设在承运门的台基上，今师大王城校区大门处；明远楼就设在承运殿的台基上，今广西师大王城校区办公大楼处。明远楼两侧是号舍，内帘设在今师大王城校区大礼堂附近。据文献记载，在道光九年(1829)前，广西贡院有号舍二千六百余间。道光十二年(1832)扩建为五千余间，说明广西贡院有较大发展，为当时的社会培养了大批人才，初步统计有4名状元，585名进士。

科举制度是从隋朝开始推行的选拔人才的考试制度。它比隋朝前推行的九品中正制度优越，主要是打破了门阀贵族对官位的垄断，比较有利于人才的选拔和培养。但它在一定程度上又限制和束缚了人们的思想自由，不利于人才的培养。因此到清朝末年，便废除科举，改设学校，废除文言文改行白话文。

清末废除科举制度后，王城内原广西贡院的建筑全部拆去，改设学校。当时在王城先后设立的学校有广西模范小学、省立二师、桂林三中等。

广西贡院留下的文物主要有：镶刻在王城大礼堂后墙上的乾隆皇帝的诗文石碑，内容主要是阐明培养人才的重要性，鼓励知识分子努力读书，把自己培养成有用之才。还有为表彰广西贡院培养出来的杰出人才而立的三块石刻碑坊，即在正阳门上为表彰陈继昌而立的“三元及第”碑坊，在东华门上为表彰龙启瑞、张建勋、刘福姚而立的“状元及第”碑坊，在西华门上为表彰于建章而立的“榜眼及第”碑坊。此外，广西贡院遗存的还有一口“福泉井”，这口井就在承运殿遗址后面(即今广西师大王城校区办公楼后面)的院坪西南角，是道光十七年(1837)挖的，至今已有一百七十五年的历史。原来井深二丈余，呈圆孔形状，井口由整块青石凿成的圆形“井圈”围护着，高三尺，上刻篆书“福泉”二字，井水是供当年参加考试的秀才们饮用的。如今在广西师大王城校区西北面的贡院，是前几年才修建的，仅供游览参观之用，并非原来的清朝广西贡院。

王城内还保存有两门古炮，置于今广西师大历史文化与旅游学院门口。一门是南明弘光元年(1644)造的，另一门是清道光二十一年(1841)制造的，各重两千斤。据说，这两门古炮，是清军为阻止太平天国革命军北上而从广东运来的，是封建统治者镇压农民革命的历史见证。

三、民国·广西省府

1911 年，孙中山领导的辛亥革命推翻了清王朝，建立“中华民国”。辛亥革命的前一年(1910)，在桂林城宣布成立广西咨议局，这就标志王城从此成为广西省府所在地。辛亥革命之后的 1913 年，广西都督陆荣廷把省府从桂林王城迁往南宁。后来新桂系打败老桂系，统一广西之后，1936 年新桂系又将省府从南宁迁回桂林王城。1944 年王城遭日机轰炸，变成一片废墟。抗战胜利后，1947 年国民党在桂林王城重建广西省政府。省府的总办公厅建于承运殿的台基之上。如今广西师大王城校区的办公大楼，就是当年的国民党广西省政府办公厅，是民国时期广西省政府的重要遗存文物。国民党广西省主席黄旭初撰写的《重建广西省政府记》碑文石刻镶在省府大门(今师大王城校区大门)的内墙上,至今仍保存完好,是国民党广西省府在王城重建的历史见证。此碑指出,当年广西省府是在靖江王府遗址上重建的,“盖明靖江王故宫遗址也”[7]。这也说明,靖江王府早已被孔有德烧毁,只存有靖江王府遗址而已。当年修建的并保留至今的建筑物还有大礼堂、图书馆、财务科办公楼和第一教学楼等。

民国时期在王城留下的历史文物,最重要的是孙中山在王城的驻节处、孙中山纪念塔和仰止亭。

1921 年 12 月 4 日,为取道桂林进行北伐,孙中山及其夫人宋庆龄从广州来到桂林,在王城设立北伐军大本营。驻在王城的孙中山,会见了列宁派来的共产国际代表马林,与马林会谈了五天。马林向他介绍了苏联十月革命的经验,并对中国革命提出了两点建议:一要建立一个能联合各个阶层尤其能联合工农群众的政党,二要建立革命的武装核心,首先要创办军官学校,培养革命骨干。孙中山十分赞同马林的建议,为他后来改组国民党、实行“联俄、联共、扶助农工”三大政策,打下了良好的思想基础。

1922 年 2 月,陈炯明在广州发动叛乱。为平定叛乱,孙中山于当年 4 月 8 日离开桂林,把北伐军大本营从桂林王城移到广东韶关。孙中山在桂林王城仅住了五个月时间,但他的革命思想和革命精神给桂林人民留下了深刻的印象。1925 年在王城独秀峰下树起了孙中山铜像和中山纪念塔,后被日机炸毁。1981 年又在独秀

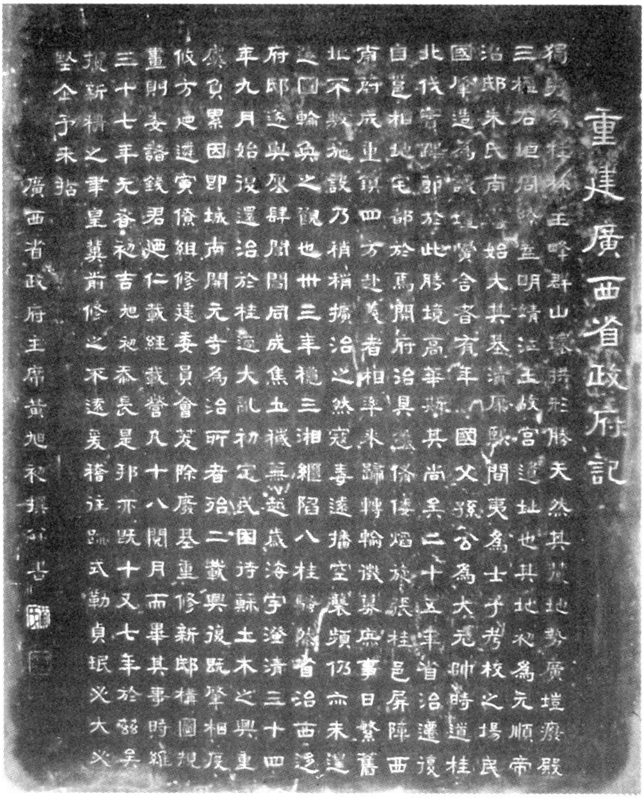

黄旭初的《重建广西省政府记》(蓝宪民摄)

峰东麓重建孙中山纪念塔和仰止亭。

四、新中国成立后·广西师院(今广西师大)

最近有些同志认为广西师大应该迁出王城,甚至以为师大霸占了王城。这种看法是完全错误的。这里必须讲清广西师大在王城办学的由来，以消除误解。

解放初广西师院（今师大）是在离市中心约三公里的将军桥办学的，那里有地591，450平方米，是王城面积（133，475平方米）的四倍多。在王城办学的是西南军区特科学校。1953年11月中央军委和中央教育部研究决定，广西师院与西南军区特科学校对换校址。这个决定下达后，广西师院的领导和教师思想不通，不同意对调。于是在当年11月25日给中央打了一个不同意对调校址的报告。后经中央反复研究，最终决定对调。当年12月22日中央教育部下对调令即高师行政第270号文件⑧。文件原文如下：

广西师范学院筹委会：

11月25日报告悉。关于你校校舍与伪广西省府旧址对调问题，经我部从全局研究，最后决定调换。关于调换的具体办法，将由广西省人民政府正式通知你校。希望接到通知后，先行对全校师生员工有效地进行说服动员，准备做好迁校工作。另外关于你校今后发展中有关校舍问题，并希望与广西省府具体研究解决。

教育部长张奚若（签字）

接到上述文件后，1954年7月30日广西师院（今师大）与西南军区特科学校正式签署“校舍对换证明书”。如今中央教育部的270号文件和“校舍对换证书”都收藏在广西师大档案馆里。可见广西师院(今师大)从将军桥大校园迁到王城小校园,并非所愿,只是为了顾全大局,服从中央决定而已,更谈不上霸占王城了。

综观桂林王城变迁的历史过程可知,桂林王城的历史演变有两个明显的传统,即文脉传统和旅游传统。王城的文脉传统,当从一千五百多年前著名文学家颜延之到独秀峰下读书,留下"颜公读书岩"遗址开始,唐代大历年间(766—779),桂州刺史李昌巙为继承读书岩的优良传统,曾在读书岩前修建宣尼庙,并开办学宫,到清代王城内成立广西贡院,清末废除科举制度后在王城开办学校,新中国成立后至今王城成为广西师院(今师大)校址。以上事实证明,桂林王城具有悠久的"文教遗风"。此外,在独秀峰读书岩口偏西的石壁上,还有一幅孔子刻像,是元朝至正五年(1345)广西画家丁方钟所绘、蒙古军官塔海帖木儿募工刊刻的。孔子是我国春秋末期著名的思想家和教育家,把他的像刻于读书岩口,说明王城读书岩附近是读书办学的胜地,具有悠久的读书办学传统。这种文脉传统是桂林历史文化的重要组成部分。

王城的旅游传统,则是与独秀峰的魅力分不开的。游客常说:"去到北京不上长城非好汉,来到桂林不登独秀峰心不甘。"自古以来,挺拔峻秀的独秀峰吸引了成千上万的游客和名人学者。抗后金(清)的爱国将领袁崇焕曾到独秀峰吟诗作赋,留下了著名诗句:"玉笋瑶簪里,兹山独出群。南天撑一柱,其上有青云。"袁枚、孙中山、李宗仁、张大千、齐白石等都攀登过独秀峰。明代我国著名的旅行家徐霞客来到桂林，也曾想攀登独秀峰，可惜当时的靖江王府没让他上山，他感到很遗憾。历代文人学者攀登独秀峰时总想刻石留念，因此现在的独秀峰上下留下了大量诗文碑刻。初步统计有 100 多处。其中年代最早的是唐代建中元年(780)监察御史里行郑叔齐在读书岩口刻的《独秀山新开石室记》，距今已有一千二百余年。较大的石刻有清代康熙年间(1662—1722)广西布政使黄国材在独秀峰东麓刻的“南天一柱”四个大字、清代道光二十五年(1845)广西布政使张祥河在独秀峰东麓刻的“紫袍金带”四个大字、清代光绪二十一年(1895)广西巡抚张联桂在独秀峰南壁刻的慈禧太后御笔“寿”字。在独秀峰石刻中最有价值的是南宋王正功的桂林山水甲天下的诗文石刻。王正功(1133—1203)，四明(今浙江宁波)人。南宋庆元六年至嘉泰二年(1200—1202)任广西提点刑狱，权知静江府。嘉泰元年(1201)九月十六日设鹿鸣宴，招待八桂举子，作七言律诗二首，刻于独秀峰读书岩口。在第二首诗中首倡“桂林山水甲天下”[9]，成为千百年来桂林旅游最好的广告词，提升了桂林山水的美誉度。

王城变迁的历史证明，它是一座集文化、教育、旅游于一体的，保存明、清、民国多个朝代文物的历史文化名城。今后在王城必须把办学、旅游和文物保护三者紧密结合起来，才能使王城的自然山水风光与历史文化景观交相辉映，使王城真正成为桂林历史文化名城的一张靓丽名片。

注释:①《明会典》卷三一;②郑叔齐:《独秀山新开石室记》;③④《明史·诸王三》卷一一八;⑤郭影秋:《李定国纪年》第109页,中华书局1960年5月出版;⑥参见《桂林文物·王城》第57页,广西人民出版社1980年出版;⑦黄旭初《重建广西省政府记》;⑧高师行政270号文件;⑨参见张益桂《广西石刻人名录》第52页,漓江出版社2008年9月出版。

南朝·刘宋

颜延之(题句二,诗五首)

颜延之(384—456),字延年。南朝刘宋时琅琊临沂(今山东临沂县)人。官至金紫光禄大夫。后被谗贬官。景平二年(424)任始安郡(治所在今桂林)太守。常到独秀峰下写诗读书,留下"颜公读书岩"遗址及独秀峰的著名诗句。颜延之是南朝著名诗人、文学家,与谢灵运齐名,世称"颜谢"。他的代表作是《五君咏》。五君指"竹林七贤"中的阮籍、嵇康、刘伶、阮咸、向秀。颜延之在朝"每犯权要",被贬为永嘉太守,作《五君咏》以自况。对七贤中显贵的山涛、王戎弃而不咏,表现了他不齿权贵的思想。北宋元祐年间,桂州知州孙览为纪念诗人,在独秀峰下建"五咏堂",刻《五君咏》于堂内。此后堂毁。清道光年间,广西巡抚梁章钜重建,并据其家藏拓本重刻《五君咏》置堂内,后复毁。新中国成立后,桂林市文物管理部门于1965年据梁刻拓本再刻《五君咏》,碑石共四块,现存月牙山下"桂海碑林"中。

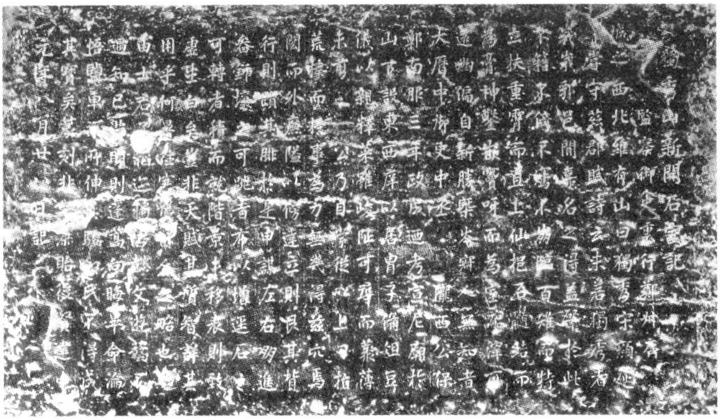

独秀山新开石室记（蓝宪民摄）

宋颜公读书岩（蓝宪民摄）

（一）独秀峰题句：

未若独秀者[①]，峨峨郛邑间[②]。

注：①独秀者：峰如天下独有之美人，独秀峰由此得名。②峨峨：矗立；郛：外城；邑：小城，当时桂林有内城和外城，独秀峰在内外城之间。

（二）《五君咏》五首

阮步兵阮籍

阮公虽沦迹，识密鉴亦洞。
沈醉似埋照，寓辞类托讽。
长啸若怀人，越礼自惊众。
物故不可论，途穷能无恸？

嵇中散嵇康

中散不偶世，本自餐霞人。
形解验默仙，吐论知凝神。
立俗迕流议，寻山洽隐沦。
鸾翮有时铩，龙性谁能驯？

阮始平阮咸

仲容青云器，实禀生民秀，
达音何用深，识微在金奏。
郭奕心已醉，山公非虚觏。
屡荐不入官，一麾乃出守。

刘参军刘伶

刘伶善闭关，怀情灭闻见。
鼓钟不足欢，荣色岂能眩。
韬精日沈饮，谁知非荒宴。
颂酒虽短章，深衷自此见。

向常侍向秀

向秀甘澹薄，深心托豪素。
探道好渊玄，观书鄙章句。
交吕既鸿轩，攀嵇亦凤举。
流连河里游，恻怆山阳赋。

唐 代

张 固（诗一首）

张固，唐宣宗大中（847—860）年间曾任桂管观察使。著有笔记小说《幽闲鼓吹》。

独秀山

孤峰不与众山俦①，直入青云势未休。
会得乾坤融结意②，擎天一柱在南州。

注：①俦：伴侣，引申为比较、并列。②会：理解，懂得。乾坤指天地。融结：融合，联结。

独秀峰（蓝宪民摄）

宋代

王正功(诗二首)

王正功(1133—1203),字承甫,四明(今浙江宁波)人。南宋庆元六年至嘉泰二年(1200—1202)任广西提点行狱,权知静江府。嘉泰元年(1201)广西举行乡试,桂林中举者有十一人。王设鹿鸣宴招待中举者,并赋诗七律二首,刻于独秀峰读书岩壁上。诗中有“桂林山水甲天下”之句。这是历史上第一次赞美桂林山水的绝唱。王正功在桂林任职期间,为官清廉,惩治贪腐,有政声。后被谗罢官。离桂之日,其僚属送别至兴安县,同游兴安乳洞,并作留题乳洞诗,刻于桂林月牙山龙隐岩。

一

百嶂千峰古桂州,乡来人物固难俦[1]。
峨冠共应贤能诏[2],策足谁非道艺流[3]。
经济才猷期远器[4],纵横礼乐对前旒[5]。
三君八俊俱乡秀[6],稳步天津最上头[7]。

注:①乡:通向。乡来即向来。此句意思是:以前的人物很难同桂州人相比。②峨冠:高高的帽子。这里是指儒生。诏指诏令。此句是说,儒生们共同响应君王的举选贤

能的诏令。③策足：指鞭策自己。这句意思是说，只要努力时时鞭策自己，谁都可以成为道艺之流。这里的道艺指通过科举上达入官的学问。④经济才猷：即经世治民的才能谋划。远器，远大的才器。句意是说，经世治民的才能谋划盼望具有远大才器者来实现。⑤礼乐：泛指六经。纵横礼乐，指纯熟自如地运用礼乐来教化世人，才能对得起前圣（前皇）。⑥三君八俊：《后汉书·党锢列传》把东汉时期敢同宦官斗争的清流人物冠以"三君""八俊"。君者，言一世之宗也；俊者，言人之英也。当时以窦武、刘淑、陈蕃为三君；以李膺、荀昱、杜密、王扬、刘祐、魏朗、赵典、朱宇为八俊。王诗指当时乡试中举的11人（乡秀）都是"三君""八俊"一流的优秀士子。⑦天津：指天河的渡口。这里借指皇帝亲自把关的殿试。全句意思是鼓励中举的十一位举人说，你们将稳步殿试的最前头。

二

桂林山水甲天下，玉碧罗青意可参①。

士气未饶军气振②，文场端似战场酣③。

九关虎豹看勍敌④，万里鲲鹏伫剧谈⑤。

老眼摩挲顿增爽⑥，诸君端是斗之南⑦。

注：①玉碧罗青：见韩愈诗"江作青罗带，山如碧玉篸"。意思是说，桂林山水之美，韩诗可作参考和证明。②饶：饶恕，引申为不让，不落后。振是振作、奋起。整句是说，士气的振作、高昂丝毫不比军气逊色。③端：果然；的确。酣：有

浓、盛之意。此句是说，文场真的可与战场相比。④勍敌：即劲敌，指强大的敌人或对手。句意为考场上的竞争就像闯过九关的虎豹一样，要注意强大的对手。⑤伫剧谈：伫，久立而等待；剧，剧烈，谈，彼此对话。考场上的考生就像万里飞行的鲲鹏，久立而进行热烈对话、谈论。⑥老眼摩挲：作者自称，用老眼探索抚摸，顿时觉得开朗畅快。⑦斗之南：北斗之南。犹言天下，天下一人。《新唐书·狄仁杰传》：“蔺仁基曰：狄公之贤，北斗以南，一人而已。”此句意思是说，诸君真是天下最优秀的人才。

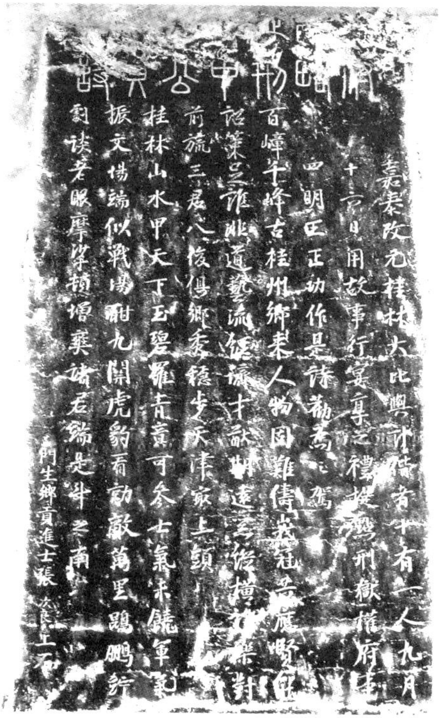

王正功的《桂林山水甲天下诗》(蓝宪民摄)

王正功雕像（蓝宪民摄）

吕愿忠(诗一首)

吕愿忠,字叔恭,河南睢阳(今河南商丘)人。绍兴二十三年(1153)九月,以右承议郎、直秘阁代知静江府,兼广西经略安抚司公事。次年三月与僚属刘襄、朱良弼等遍游桂林山水。题诗刻于南溪山刘仙岩、白龙洞、清秀山清秀岩、中隐山中洞、独秀峰读书岩等处,摩崖在独秀峰读书岩。

独秀山读书岩

洞口微云恣卷舒,
石岩相对一蘧庐。
赋才晋宋多夷旷,
好景古今难伫储。
茗碗已惊浮雪浪,
斋厨俄听响鲸鱼。
子云识字终何用,
且读人间未见书。

沈　炜（诗一首）

沈炜，浙江吴兴人，元祐党人沈千曾孙。宋嘉定四年（1211）以朝奉郎知粤西融州（治今广西融水县）军事兼管内劝农事，重刻《元祐党人碑》于融水县老君洞。游桂林独秀峰，作独秀山读书岩诗。

老鹤下辽天，昂昂在桂表。
霜毛临野人，逸气秋天杳。
矫矫颜始安，不受冠带绕。
清真自嵇阮，一醉万事了。
读书空谷中，生刍白驹皎。
神仙问岭岈，弓弯天宇小。
岂无素心人，幽睡共清晓。
佻达在城阙，钟磬出林杪。
试令栽桃李，照海春袅袅。
长哦五君咏，极目送飞鸟。

元 代

僧师澄(诗一首)

僧师澄于元至顺三年(1332)游桂林独秀峰,撰写太平岩题诗。

潜龙胜迹属当今,
独秀峰前众所钦。
长寿佛前称圣寿,
观音岩畔听潮音。
猿攀花处树无影,
兔捣药时月有阴。
万岁山高瞻仰近,
更加五福海深深。

明 代

◈严震直（诗一首）

严震直，字子敏。浙江乌程（今吴兴）人。家富。明洪武初以富民推粮长。岁运粮皆如期至京师。洪武二十三年（1390）特授通政司参议，累迁工部侍郎。二十六年（1393），进工部尚书。二十八年（1395）降为监察御史，奉命抚谕安南，其国王、陪臣皆俯伏听命。时两广盐运为官民之病，严震直上疏改革广西盐运弊政。二十九年（1396），受命督修灵渠。他审度地势，导湘漓二江，浚渠五千余丈，筑渼潭及龙母祠土堤百五十余丈，凿去滩石之碍舟者，修复陡河三十六个，开涵洞二十四处，建白云、攀桂二桥。完工时，撰《通筑兴安渠陡记》刻于兴安灵渠飞来石。归奏，帝称善。震直对桂林山水多有题咏。游桂林独秀峰时撰写独秀峰诗。

爱此青青独秀峰，
天开一朵玉芙蓉。
四面屏列俱相拱，
永镇皇家帝子宫。

梁　軿（诗一首）

梁軿，广东番禺人。举人。明天顺七年（1463）作《镇远侯顾公祠碑》，勒碑思恩府城。成化间调任藤县教谕。曾游桂林独秀峰，并撰诗一首。

独秀晴岚

一峰高耸插香衢，
山气空濛翠欲濡。
色借晓烟岩岫黑，
阴添晴霭树林晡。
碧纱窗掩云屏独，
绣阁帘开宝剑孤。
有客参禅登绝顶，
西风回首路模糊。

朱佐敬(诗一首)

朱佐敬(?—1469),明代靖江悼僖王朱赞仪庶长子。永乐九年(1411)袭封靖江王。成化五年(1469)薨,在位58年,是靖江诸王中在位最久者。死后谥庄简。据史籍载,佐敬“天性孝友,书史无所不读,善楷书,颇得锺王体,国中及诸寺观匾额出其书”。《游独秀岩记》、《独秀岩西洞记》、《独秀岩记》刻于独秀峰读书岩、太平岩。其诗受到大臣们的喜爱,纷纷写应和诗。据明人钱薇记载:“靖江府独秀峰下有洞,深可十丈,刻今字韵诗已百余首。”

碧峰禹迹几经今,
上接云霄共所钦。
绝顶两轮乌兔耀,
幽禽齐奏管弦音。
无时树木冬森翠,
最喜林峦夏有阴。
每展黄庭岩畔玩,
默知天地化工深。

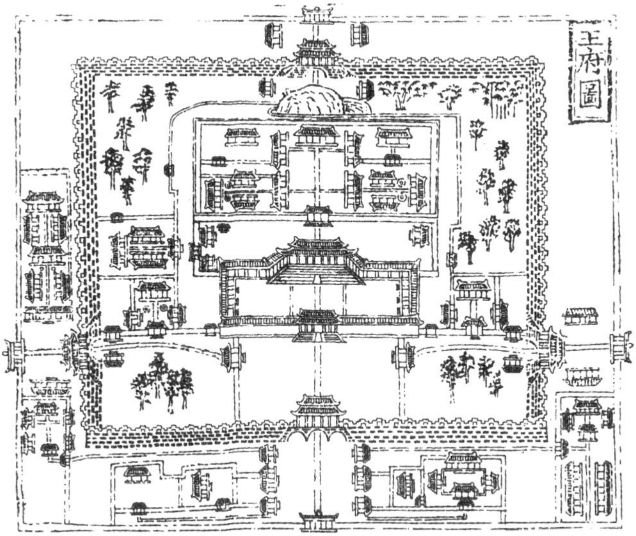

明朝王府图(独秀峰王城景区摄)

朱约麒(诗一首)

朱约麒(1475—1516),靖江昭和王朱规裕嫡长子。弘治三年(1490)袭封,自署“八代靖江王”。正德十一年(1516)卒,在位二十六年。葬于桂林城东尧山南麓。此诗于弘治十一年(1498)刻在独秀峰南麓。

清游道士赴霞祥,万古稀名独秀山。
蓬莱云风仙凡景,殿宇宫庭锦世间。

朱约麒诗(独秀峰王城景区摄)

朱经扶（诗四首）

朱经扶（1492—1525），号独峰，靖江端懿王嫡长子。正德十三年（1518）袭封，自署“九代靖江王”。嘉靖四年（1525）卒，在位七年。死后谥安肃王。据说是历代靖江王中最贤者。他征收田赋时，一改过去成法，按年成丰歉酌情增减，“终王之世，人蒙其惠”。他还定期开放王府内独秀峰，供游人攀登游览，并在独秀峰下建贮水石盆，以便游客洗手。其妃徐氏于嘉靖十九年（1540）出内帑重修桂林花桥。其生平好读书，喜诗文，常登峰吟诗，“多至数十首”。卒葬于桂林尧山西麓靖藩陵园。

一

郭外奇峰列斗天，晓来雪片倩缤纷。
松杉忽讶成瑶树，岩谷惊看拥白云。
光射玉楼呈瑞兆，影摇银海静尘氛。
边氓不用嗟贫病，垂拱而今有圣君。

（止德元年[1506]摩崖于独秀峰南麓。）

二

擎天一柱镇南州，四序宜人景最幽。
丽日花枝鲜冉冉，薰风树影密悠悠。

山头皓月添秋意，洞口芳梅与雪俦。
欢赏畅然情不厌，真堪写入画图收。

（正德二年[1507]摩崖于独秀峰南麓。）

三

乾坤一柱峙西南，几度登临驻鹤骖。
爽气全消三伏暑，清阴倒浸百花潭。
楼台远近浮晴霭，云树高低拂翠岚。
抚景欢然成宴乐，笙歌不用沸余酣。

（正德九年[1514]摩崖于独秀峰南麓。）

四

凉浸琼楼宿雨收，卷帘坐对一轮秋。
山河有影悬霄汉，风露无声下斗牛。
夜色阑珊催玉漏，桂香馥郁漾金瓯。
霓裳仙曲犹堪听，不羡当年汗漫游。

（正德十四年[1519]摩崖于独秀峰南麓。）

朱邦苧(诗二首)

朱邦苧(? —1572),靖江王朱经扶嫡长子,嘉靖六年(1527)袭封,自署“十代靖江王”。隆庆六年(1572)卒。在位四十六年。嘉靖十二年(1533)作和庄简王次元僧师澄原韵律诗二首。卒谥恭惠王。葬于桂林城东尧山西麓靖江王陵。

和庄简王次元僧师澄韵(二首)

(摩崖于独秀峰太平岩)

一

一柱擎天动古今,高岩孑立起人钦。
他山自是无肩并,吾祖从来有德音。
不羡繁花春绚灿,却宜丛木夏生阴。
洞中此日风光满,帝德亲恩覆戴深。

二

独秀声华古到今,太平万岁总皆钦。
沿堤泼剌□吹浪,隔座间关初啭音。
西广俗淳邦有赖,南州气暖地无阴。
百年事业惭无补,才际升平感荷深。

朱诸演(诗一首)

朱诸演,字宗易,浙江余姚人。明嘉靖五年(1526)进士,十五年(1536)以御史巡按广西。是年秋,作太平岩诗和庄简王次元僧师澄韵,摩崖于独秀峰太平岩。

独秀呈奇冠古今,
万山环拱若知钦。
瑶空千尺支琼柱,
天籁四时传好音。
洞启轩窗来日月,
岩栖云霭弄晴阴。
细摩藓壁看题刻,
汉宋文章岁月深。

朱相综（诗一首）

朱相综，号遂庵，明靖江王朱佐敬之子，封辅国将军。此诗刻于独秀峰太平岩。

和庄简王次元僧师澄韵

□白清虚自古今，
诗镌峭壁鬼神钦。
映阶草带满生意，
入座松涛听雅音。
每忆趋庭□□疢，
叨承遗泽物华阴。
太平有象真堪羡，
□继前□德种深。

朱规舢(诗一首)

朱规舢是明靖江王后裔,封奉国将军。此诗摩崖于独秀峰太平岩。

和庄简王次元僧师澄韵

古洞钟灵气茂今,
前人词藻后人钦。
翠分泰岳凌霄色,
虚应南薰阜物音。
抚景有怀思祖范,
为邦遗爱念棠阴。
太平万载芳名始,
继述功深寿益深。

朱约踬(诗一首)

朱约踬,靖江王朱佐敬之曾孙,封镇国中尉。工诗。此诗摩崖于独秀峰太平岩。

和庄简王次元僧师澄韵

雄镇天南动古今,
万峰罗列自相钦。
翠屏倒挂银河水,
金谷犹闻玉佩音。
气结龙文随帐幄,
云移凤辇护晴阴。
叨逢盛世观周典,
共沐恩波岁月深。

朱约麝(诗一首)

朱约麝，号玉庵，靖江王后裔，封辅国将军。此诗摩崖于独秀峰太平岩。

和庄简王次元僧师澄韵

乾坤钟秀至于今，
藻翰铭岩允克钦。
天保载歆酬帝德，
南风解愠协琴音。
山环绿水凝新月，
树霭明霞散积阴。
地位清高尘俗迥，
优游洞府白云深。

朱经掜(诗一首)

朱经掜,靖江王后裔,封奉国将军。此诗摩崖于独秀峰太平岩。

和庄简王次元僧师澄韵

佳丽岩开自古今,
太平景象起人钦。
雨滋花卉增新秀,
风度松篁奏好音。
诗和瑶章承祖武,
政敷南国胜棠阴。
东平何幸欣重见,
况沐恩波感戴深。

潘 恩(诗一首)

潘恩(1496—1582),字子仁。号湛川,上海人。明嘉靖二年(1523)进士。历官山东副使、江西副使、浙江左参政、河南巡抚,以左都御史致仕。卒谥恭定。著有《笠江集》。嘉靖中为广西提学佥事,后升按察使。潘在桂期间写了不少碑文。嘉靖十五年(1536)作《太平岩记》,撰写太平岩次韵诗。

和庄简王次元僧师澄韵

砥柱中天亘古今,
群峰围合迥相钦。
幽居自足东平乐,
丽藻还传邺下音。
钟乳飞花添积翠,
芙蓉倒影漾重阴。
灵岩不隔三山路,
栖息浑忘岁月深。

操　松(诗一首)

操松，浮梁(今江西景德镇)人。明嘉靖十五年(1536)为广西按察佥事。是年作此诗刻于独秀峰太平岩。

和庄简王次元僧师澄韵

西土名岩匪自今，
一峰独秀万峰钦。
太平奇胜真天造，
豪杰文章焕德音。
林桂摇风香满洞，
岫云含雨昼多阴。
公余乘兴时登眺，
俯仰乾坤自得深。

杨　表（诗一首）

杨表，字汝中，福建龙溪人。明正德九年（1514）进士，授南京户部主事，升户部员外郎。嘉靖五年（1526）知雷州，升浙江盐运使。嘉靖十四年（1535），以浙江盐运使升广西右参政。是年游桂林独秀峰作此诗刻于太平岩。

和庄简王次元僧师澄韵

自有乾坤以至今，
一峰独秀众峰钦。
泉流泽物探无底，
石窍通天动有音。
静对岩花秋不老，
早占云气昼腾阴。
太平唱和孙承祖，
仰见天潢道脉深。

万　潮（诗一首）

万潮（1488—1543），字汝信，号立斋。江西进贤人，万镗从子。正德六年（1511）进士，由宁国推官升礼部主事。后因谏武宗南巡被廷杖除名。世宗即位，复起，历任浙江提学副使，升参政。以忤权贵调任广西按察使，转广西右参政。嘉靖十五年（1536）升广西布政使。是年作此诗，刻于独秀峰太平岩。

和庄简王次元僧师澄韵

碧虚重启自于今，
景行高山总夙钦。
万国舟车通禹贡，
两阶干羽忆韶音。
松岩琴瑟生风韵，
竹院诗书静午阴。
看取太平行乐处，
百年礼乐积来深。

◈龙大有(诗一首)

龙大有,字道亨,别号东云,湖南茶陵人。明正德十二年(1517)进士,嘉靖七年(1528)调任广西平乐知府。嘉靖十年(1531)升广西按察司副使。是年游桂林独秀峰,作此诗刻于太平岩。

和庄简王次元僧师澄韵

见说幽岩敞□今,
表章□□使人钦。
诗留绣壁虬蟠篆,
乐奏瑶台鹤度音。
百种烟花明淑景,
半天云叶□□阴。
□将兴到亦□处,
明月穿松坐更深。

周　忠（诗一首）

周忠，字良臣，号白溪，江西贵溪人。明正德九年(1514)进士，嘉靖十五年(1536)任广西按察使。是年作此诗刻于独秀峰太平岩。

和庄简王次元僧师澄韵

绝壁层岩自古今，
诸峰罗列俨如钦。
悬崖旧刻封丹藓，
溜石新泉奏玉音。
拂曙霞云晴霭霭，
含虚洞室昼阴阴。
道人独坐思玄处，
笑指山中草木深。

◈夏邦谟(诗一首)

夏邦谟(1484—1564),字舜俞,号松泉。涪州(今重庆市垫江县)人。正德三年(1508)进士,授户部主事兼德州仓正。曾任两淮运判、道州同知、云南参议及湖广、浙江、江西按察副使。嘉靖十四年(1535)升任广西右布政使。1536年游桂林独秀峰,作此诗,刻于独秀峰太平岩。

和庄简王次元僧师澄韵

开辟成□转至今,
孤高长起众山钦。
根盘冥漠归无极,
气入玄虚鼓太音。
积雪严凝寒栗栗,
祥云拥护昼阴阴。
岩前琪树清芬满,
自是天潢雨露深。

徐　乾（诗一首）

徐乾，字健夫，桂林人。正德二年（1507）举人，六年进士，授广东新会县令。历任广东参政、福建按察使及右布政使、湖广左布政使等职。性情直亮，多与世忤，屡以疾乞归。嘉靖十五年（1536）作此诗刻于独秀峰太平岩。

和庄简王次元僧师澄韵

岩名佳胜启于今，
朝拱诸峰似独钦。
闲步岫云怜禹穴，
坐间天籁自韶音。
逐时花竹娟娟净，
荫日松杉细细阴。
不共寻常争美丽，
静观羽翰意中深。

邹尧臣(诗一首)

邹尧臣，字廷俞，云南赵州和峰人。明嘉靖五年(1526)进士，十五年以御史巡按广西，十六年游桂林独秀峰，作此诗刻于独秀峰太平岩。

和庄简王次元僧师澄韵

独秀峰高自古今，
诸峰罗列似相钦。
藤萝直上余千尺，
鸟雀和鸣集众音。
尧岭东来云积翠，
虞山北拥地生阴。
洞中乳石累累异，
问道真源深复深。

邹 輗(诗一首)

邹輗(《桂林石刻》误作邹槐),字敏行,江苏武进人。相传为宋邹浩十五世孙。明正德六年(1511)进士。初任江浦令。嘉靖年间升任广西按察副使,游桂林独秀峰,作此诗刻于独秀峰太平岩。

和庄简王次元僧师澄韵

海内名山自古今,
苏岩端□众山钦。
两仪并峙玄黄质,
万籁相宜韶濩音。
八桂□秋占乐育,
甘棠承曙节晴阴。
舆图不异东南辙,
共戴明时化泽深。

◈滕　榆（诗一首）

滕榆，字德收，广西全州人。其母为谨身殿大学士蒋冕之姊。滕以国戚拜北城兵马副指挥，其长女嫁靖江王恭惠王朱邦苧为正妃。嘉靖十五年（1536）游桂林独秀峰，作此诗刻于独秀峰太平岩。

和庄简王次元僧师澄韵

秀岳天分拱至今，
龙蟠虎踞动瞻钦。
不烦斧凿虚仙洞，
更有亭台振玉音。
风物熙熙千古寿，
松篁霭霭四时阴。
山河悉是皇王景，
分得恩波似海深。

梁　鼎(诗一首)

梁鼎，明嘉靖年间以浔梧左参将升指挥佥事。嘉靖十六年(1537)以都指挥使游桂林独秀峰，作此诗并刻于独秀峰太平岩。

和庄简王次元僧师澄韵

名山钟秀已非今，
先世留题后世钦。
古洞何年昭睿翰，
瑶琴此日动清音。
翠屏照水凝春色，
青壁当阳定午阴。
一柱峥嵘诸岫拱，
九重雨露五湖深。

吴　兴(诗一首)

吴兴,明嘉靖十五年(1536)任靖江王府右长史。是年作此诗,刻于独秀峰太平岩。

和庄简王次元僧师澄韵

开国分封直到今,
一山独秀万山钦。
奇岩窈窕真仙洞,
□咏豪雄迈俗音。
磊磊云根无尽状,
苍苍玉树有余阴。
静中日月闲中景,
不老乾坤乐最深。

钱　薇(诗三首)

钱薇(1502—1554),字懋垣,号海石,浙江海盐人。明嘉靖十一年(1532)进士,由行人擢礼科给事中,嘉靖十五年(1536)以礼部给事中奉勅稽查广西逃亡、拖欠、滞延之赋税。因事关重大,加上积年账本堆积如山,官吏都有惧意,不敢充任。钱薇赴任后,夜以继日,勤奋熟练,人皆惊讶其能。是年游独秀峰,作此诗三首。摩崖于独秀峰太平岩。

一

海内诸峰孰冠今,桂城独秀动瞻钦。
倚萝云闪斜阳色,穿磴泉抛空谷音。
千载恩荣共山水,四时图画作晴阴。
洞天得趣惟虚受,乐善延宾礼数深。

二

桂郡名峰冠古今,峪岈百尺洞天深。
攀萝云袅斜阳色,穿磴泉飞空谷音。
兔苑赓题饶杰作,醴筵嘉意属微吟。
追陪此日承欢遇,愧乏雄篇思不禁。

和靖江府懋德堂韵

十二疏阑高入云，天开淑景气氤氲。
独藏金鉴传心典，上溯汤盘仰昔芬。
月映明河文动色，风吹柳陌思如雯。
抚时握管传风雅，总属虬龙洒淅勤。

钱　铎(诗一首)

钱铎，字振之，号南浦，江苏海门人。明正德十六年(1521)进士，官刑部主事、员外郎。嘉靖十五年(1536)任广西按察副使、府江兵备。是年以府江兵备副使居桂林，游独秀峰作是诗，刻于太平岩。

和庄简王次元僧师澄韵

壁立层霄绝古今，
□□□壑掉知钦。
东风不尽烟霞景，
好鸟长供绿竹音。
□与乾坤擎日月，
漫存风雨递晴阴。
先王手泽依然在，
应是山深惠复深。

◇张　经（诗一首）

张经，桂林右卫人。其父张敞为桂林右卫指挥同知。经袭父职。嘉靖年间为浔梧左参将、广西都指挥使。嘉靖十二年（1533）任广西副总兵官。嘉靖十五年（1536）游桂林独秀峰作此诗，刻于太平岩。

和庄简王次元僧师澄韵

岳立崚嶒亘古今，
诸峰环列俨如钦。
云霞绝壁开生色，
鸾孔盘空下好音。
湛露灵芝朝烨烨，
小山丛桂昼阴阴。
淮南词赋虚招隐，
□似仙家趣独深。

常　澍(诗一首)

常澍，号冰骨道人，黄州(今湖北黄冈)籍云水僧，与靖江王朱佐敬友善，延为世子师，待以宾礼。正统九年(1444)游桂林独秀峰，作此诗刻于太平岩。

和庄简王次元僧师澄韵

谁削芙蓉镇古今，
高摩碧落使人钦。
窦边时鸟鸣簧调，
岩外风筠嘎珮音。
枫映晓霞山裹锦，
梅开冬雪地无阴。
想应龙在苍松里，
背涌清泉岁月深。

秦树华（诗一首）

秦树华于明嘉靖十二年(1533)游桂林独秀峰作此诗，刻于太平岩。

和庄简王次元僧师澄韵

山藏一窍到而今，
六世重开事可钦。
登眺不须游赤壁，
论谈无复羡韶音。
闲中日月穷千卷，
静里乾坤惜寸阴。
喜见太平回景运，
皇图基业万年深。

谢少南(诗二首)

谢少南,字应午,一字与槐,上元(今江苏南京)人。明嘉靖十一年(1532)进士。授南京刑部主事,迁春坊司直,官至河南布政使。嘉靖二十七年(1548)到桂任广西提学佥事。时粤西有抄袭前人之文风,谢每见之则厉声诋呵,闻者耸然。张鸣凤时在应童子试,谢奇其文,乃取两汉书授之,出巡辄携之行,终成一代之学者。少南遍游桂林名山胜景,并题诗留念。少南工诗,以文才显,著有《粤台稿》、《河垣稿》、《谪台稿》、《百粤风土记》、《谢与怀集》,编纂《广西通志》、《全州志》。游独秀峰和靖江王府宗室池亭时撰此二诗。

游独秀山

接地孤峰起,栖霞古洞开。
贤王行乐墅,高士读书台。
水涧龙纹绕,松岩鹤驾来。
更看花发处,忽漫忆天台。

游靖藩宗室池亭

帝胄仙人馆,朱扉绿野堂。
水涵鱼藻动,箨放凤翎长。
客简雕金赋,神丹閟玉房。
悠然心自远,疑是白云乡。

顾　问(诗一首)

顾问，字汝辅，号相山，湖北咸宁人。明隆庆五年(1571)进士，由直隶任丘知县选吏科给事中。万历十年(1582)以户科右给事中巡察广西，是年冬月十五日登桂林独秀峰，有感而作此诗刻于峰上。

高阁凭虚洁绛霞，
开筵拟对五陵家。
风吹箫管和天籁，
座傍星河渡汉槎。
桂岭香分浮卉叶，
湘江碧落浴莲花。
仰瞻帝座峰头上，
五色瑶光排翠华。

◈曲迁乔(诗一首)

曲迁乔,字允升,号带溪,于陵(今山东邹平)东南周村人。明万历五年(1577)进士,通奉大夫,授沁水知县,历任工科给事中、浙江按察使、刑科都给事中、侍经筵官。万历二十八年(1600)任广西右布政使,万历三十三年(1605)升广西左布政使。同年十一月二十八日小寒日,靖江王赐宴登独秀峰,作此诗刻于峰之西南。

朔风随马到王门,
中使传宣开醁樽。
着屐逶迤入翠岭,
振衣合沓眺天阍。
孤嶂足舒千里目,
三江分派万家春。
惟爱东平能敬客,
不知西粤是边民。

◈庄际昌(诗一首)

庄际昌(1578—1629),原名梦若,字景说,号羹若,福建晋江青阳人。万历四十七年(1619)会试、廷试皆第一,初授行人。天启元年(1621)补翰林院修撰,召入京编修国史。三年(1623),授经筵展书官、直起居注,编辑《六朝章奏》。天启六年(1626)因奉敕立靖藩来桂,游桂林山水。靖江王赐宴独秀山,修撰庄际昌作此诗,刻于独秀峰西壁。

欣逢首夏映新晴,
暖日轻风正啭莺。
削壁天开夸独秀,
三江浪静壮维城。
屏岗叠翠低环座,
水树交葱舞拂觥。
喜借皇华陪宴赏,
歌赓麟趾庆洪祯。

袁崇焕（诗一首）

袁崇焕（1584—1630），字元素、自如，祖籍广东东莞，迁居广西藤县。明万历四十七年（1619）进士，授邵武知县。历任兵部职方司主事、兵部佥事、按察使，辽东巡抚、兵部右侍郎、兵部尚书兼右副都御史等职。镇守辽东边城七年，多次打败后金的进攻，是抗击后金的杰出爱国将领。后被阉党集团诬为“通敌卖国”而被杀害。崇焕曾游桂林，有《咏独秀峰》、《隐山》等诗。这里录其一首。

咏独秀峰

玉笋瑶簪里，
兹山独出群。
南天撑一柱，
其上有青云。

注：玉笋瑶簪，形容桂林的山美如玉笋，如瑶簪。瑶是美玉。

清代

闵　叙（诗一首）

闵叙，字鹤臞，号竹西，自署"黄山人"，一作江苏扬州人。清顺治十二年（1655）进士。康熙二年（1663）任广西提学使，康熙四年（1665）五月陪同广西总督屈尽美游桂林独秀峰，作此七言长诗，刻于山壁。

维公莅粤两奏绩，八桂山川重荡涤。
域域阛处自熙台，手植椒兰辟草莱。
粤民胥乐公始乐，读书岩下时盘礴。
岩穿石屋如函盖，万朵芙蓉插天外。
曲水觞流卧石中，小亭螺附半里东。
荷风竹雨凉清尽，鼓吹嘤鸣相节奏。
山樽挹酒婆娑醉，长虹饮涧浮苍翠。
扪萝曲折陟层巅，云气飘飘恍欲仙。
凭虚俯视无留照，震叠来威独隐然。
漫言禹甸属南荒，折冲樽俎裕安祥。
社稷风声咸悦耳，山亦高兮水亦长。

高层云(诗一首)

高层云(1634—1690),字二鲍,号谡苑、菰邨、谡园,斋名改虫斋。华亭(今属上海)人。清康熙十五年(1676)进士,授大理寺左评事。康熙二十三年(1684)秋,广西举行乡试,高以副考官来桂典试。在桂期间,遍游桂林山水,多有题咏。游独秀峰时作五绝一首。后充《一统志》纂修官。二十五年(1686)授吏科给事中,二十九年(1690)迁太常少卿,卒于官,著有《改虫斋集》。

登独秀峰

青嶂铁千尺,
红夷酒百杯。
将相坐磐石,
天上扫莓苔。

龚翔麟(题刻：一览众山小)

龚翔麟(1658—1733)，一作祥麟，字天石，号蘅圃、稼村、田居士，斋名红藕庄、红藕山庄、玉玲珑阁，仁和(今浙江杭州)人。清代著名藏书家、文学家。康熙二十年(1681)贡生，历任工部主事、粤海关监督，授奉直大夫，掌河南道事，迁湖广道监察御史。工诗词，与朱彝尊、李良年、李符、沈暤日、沈岸登称“浙西六家”，汇刻《浙西六家词》，著有《田居诗稿》十卷，续稿三卷，《红藕庄词》三卷。康熙五十四年(1715)七月至桂，畅游桂林山水。在独秀峰半山磴道旁题刻“一览众山小”榜书。

龚翔麟题刻(独秀峰王城景区摄)

◈王　玺(诗四首)

王玺,字和庵,顺天大兴(今属北京市)人。监生。康熙四十年(1701)任临桂知县,四十四年(1705)新春,游桂林独秀峰,作五绝四首刻于独秀峰。

一

奇峰插霄汉,登临旷矣哉。
粤疆凭一览,春风拂柳梅。

二

四载知临事,春光喜又逢。
江山岁相识,怀抱有谁同。

三

□□移亭下,远眺霭云烟。
物候惊游客,闾阎熙暤然。

四

登高独秀山,北瞻双凤阙。
捧在坐遐荒,形神几飞越。

黄国材（题刻：南天一柱）

摩崖在独秀峰东面悬崖上。见插图。

黄国材，江苏东海人。隶汉军正白旗。监生。官雷琼道副使，康熙四十八年（1709）任广西布政使。后升福建巡抚。官至工部尚书，署兵部尚书。在桂期间，关心民情，建万年仓55座，以应水旱之灾。喜游桂林山水，刻碑留念，在普陀山七星岩题刻《游七星岩记》；在栖霞寺后山崖题刻“玉笋参天”四个大字；在象鼻山题刻“放生池”三个大字；在独秀峰题刻“南天一柱”巨幅榜书；在南溪山刘仙岩口题刻《刘仙岩记》。

黄国材题刻（蓝宪民摄）

佚　名(联一副)

一支铁笔千钧重；
四字丹书万丈长。

注:四字丹书是指黄国材在独秀峰东麓绝壁上书刻的“南天一柱”四个大字。

王　豫(题刻:秀夺群峰)

王豫,字敬所,一字立甫。号孔堂,浙江长兴人(自署江南黄山人)。诸生。康熙五十年(1711)五月于桂林独秀峰题刻此四字,刻在独秀峰西面。

藺佳进（题刻：拔地参天）

藺佳进，松山（今属辽宁）人。镶黄旗汉军，监生。清康熙五十四年（1715）为桂林协副将。次年三月游桂林独秀峰，题刻“拔地参天”四字于独秀峰上。

杨　谧（题刻：擎天）

杨谧，正黄旗人。监生。康熙五十六年（1717）任浔州府同知，次年调任思恩府同知。五十九年（1720）秋游桂林独秀峰，题刻“擎天”二字，摩崖在独秀峰南麓。

彭而述（诗一首）

彭而述，字子籛，号禹峰，明崇祯十三年（1640）进士，河南邓州人。康熙年间任广西布政使、贵州巡抚等职。著有《读史亭诗文集》。

登独秀峰

参天百尺削芙蓉，
不合王孙贮后宫。
朱邸繁华销歇尽，
丹崖翠壁枸杞红。

尚金章（诗一首）

尚金章，仪封（今河南兰考）人。顺治六年（1649）进士。十六年（1659）任广西提学使。

登独秀峰

怪石凌空飞乱霞，
当年瑞色散宫花。
锦屏不卷人归去，
洞口云绦锁碧纱。

高熊征（诗一首）

高熊征，字渭南，广西岑溪县人。顺治十七年(1660)参加乡试中为副榜。因平息吴三桂在南方的叛乱有功，由团练同知升任山西井陉县知县，后擢任两浙盐运使。康熙四十五年(1706)卒于任上。著有《经雪斋集》六卷、《孝经刊误》一卷、《小学分节》二卷、《安南志略》一卷。其诗富丽典雅。

再登独秀峰

怪石嶙峋喜共扶，
秀峰耸翠入云孤。
平看迭嶂疑飞伏，
运睇长空若有无。
建国祗今惟废殿，
制科谁复叹遗珠。
登临且尽杯中酒，
不遍名山不丈夫。

张　弘(诗一首)

张弘，广西临桂县人。康熙三十八年(1699)举人，官永安学正。

独秀山

峨峨一卷石，
奇秀插天空。
树老寒鸦集，
岭危曲蹬通。
虚亭罗胜概，
落叶舞秋风。
故国繁华歇，
苍崖未改容。

金　虞（诗一首）

金虞，字长孺，号小树，浙江钱塘人。康熙五十九年（1720）举人，官湖北孝感知县。乾隆年间举鸿博，因丁忧未试。以八股文闻名，诗亦清丽，著有《小树轩集》。

登独秀峰返憩读书岩下

峨峨玉笋班，独秀如卓笔。
其高六十寻，而袤五之一。
秀色殊可餐，陡峻古无匹。
今辰鼓游兴，拉伴斗轻疾。
盘盘三百磴，一一透空出。
岿然北极宫，元都尊辅弼。
败壁留钟镛，坏像杂琫珌，
旁有两茆亭，位置颇闲逸。
凭栏舒远眺，恰值斗杓七。
桂林古都会，万户见墉栉。
襟带水回环，剑芒山崒嵂。
胜概罗心胸，尘聚等虮虱。
指点卧龙台，风烟亦萧瑟。
长啸归去来，下视真股栗。

光摇云栈云，步窘漆城漆。
却访读书岩，清风吹石室。
流连五君咏，微向犹可述。
千秋独秀峰，得此更超轶。
况当人文会，汲古赖修繘。
谁磨一片青，演孔刮老佛。

◈陈元龙(诗一首)

陈元龙(1652—1736),字广陵,号乾斋,浙江海宁人。康熙年间进士,授编修,官广西巡抚,文渊阁大学士兼礼部尚书。在桂七年,修竣灵渠陡门。护两广运道。著有《爱日堂文集》。

登独秀山(并序)

独秀山在城之中,高数十寻,四面如削,余鼓勇循级而上,登其绝顶。

坤维奠五岳,石根蟠南荒。
八桂峰若笋,兹山为之纲。
一柱撑青天,四壁俨削方。
皴痕扫荟蔚,黛色堆青苍。
我来莅西粤,乍见心目张。
恍如冠佩人,为国守濠湟。
乘暇以命驾,徘徊山之阳。
峭竖绝梯级,上山如上墙。
奋勇陟厥椒,磴狭屐齿妨。
回顾笑寮属,流汗如流浆。
俯视郭内外,物象何昌昌。
和风拂炊烟,绣畦罗稻粱。

居氓纷熙熙，不知为瘴乡。
群峰万里来，趋拱于四方。
峨峨独屹立，千仞遥相当。
圣化洽遐徼，山川皆呈祥。
兹游信非偶，北望达庙廊。
为传山林意，播此阳春光。

谢庭琪(诗一首)

谢庭琪(1708—1750),字实大,一字若园,广西全州人,谢赐履之子。雍正五年(1727)进士,官至山西太原知府。著有《若园遗稿》。

登独秀山

孤光摩太虚,元气真喷薄。
突兀一峰起,壁立千仞削。
仰看天柱撑,俯恐坤轴弱。
自是大钧力,非假鬼斧凿。
危磴才数盘,怪石相磊硌。
跻险常自持,颠蹶未敢却。
稍稍下一瞰,且荡惊神魄。
曲折既屡度,径转见飞阁。
时复得平地,旷然望寥廓。
百越画图间,呈露且各各。
山光半槛出,水派连万壑。
春烟霭楼台,古木壮城郭。
平生山水情,及兹愈磅礴。
因疑造化工,设施果何托。

藉使寄中州，胜事争恢拓。
胡为限一隅，千古长寂寞。
岂少人多石，诚如子厚诺。
或者幸不幸，凡物理相若。
此事非偶然，焉能凭臆度。
我欲问灵山，晚风吟猱玃。

李宪乔（诗一首）

李宪乔，字子乔，号少鹤。乾隆四十一年（1776）举人。官归顺知州。工诗文，著有《少鹤诗钞》、《鹤再南飞集》等。

登桂林独秀山

屈奇一小山，造天绝倚傍。
想见志士胸，九死未肯诳。
于何托根始，閟绝非可上。
亲历方慨然，顿失隘且伤。
苍梧叫虞舜，此语久称妄。
北晒浩茫茫，神州万里壮。
岂无数贤杰，扶持在天壤。
矫强有如此，宇宙固难量。
蹇劣愧无成，惟用恣闲旷。
闭口今已久，浩歌此始放。

◈王　埙(诗一首)

王埙,生平不详。

雨后望独秀峰

暄风晴出郭,
回首见岭岑。
片雨洗山骨,
乱云生石心。
藤萝千仞合,
峦岫半城阴。
莫更登高望,
红尘下界深。

锺儒刚(诗一首)

锺儒刚,生平不详。

独秀山

平地青峰矗,
盘空曲磴连。
南天一柱石,
落日万家烟。
云物清如许,
山河望杳然。
幽岩凭眺久,
愁听晚钟传。

戴文灯(诗一首)

戴文灯,浙江归安人,字经农,号匏斋。乾隆二十二年(1757)进士。官礼部员外郎。工诗,有《静退斋诗集》传世。

独秀山

天涯岁暮仍羁旅,
此日登临倦眼开。
扦壁欲浮霄汉去,
缒幽真见鬼神来。
牧童浸扣残碑火,
词客难消浊酒杯。
忽觉一身悲异县,
芳声空托岭头梅。

戴　璐(诗一首)

戴璐(1739—1806),浙江归安人,字敏夫,号菔塘,一号吟梅居士。戴文灯之子。乾隆二十八年(1763)进士,官至太仆寺卿。曾任扬州梅花书院山长。编有《国朝六科汉给事中题名录》、《国朝府科第表》,著有《藤荫杂记》、《吴兴诗话》等。

独秀山

巍巍彩笔耸城闉,
扦壁真将碧汉邻。
独秀孤峰争峭拔,
始安芳躅共嶙峋。
品诗自冠齐梁上,
尚友惟期嵇阮伦。
刊得五君遗咏在,
镂金错彩句长新。

关　瑛(诗一首)

关瑛,字奈原,广西临桂县人。乾隆四十二年(1777)举人,官怀集、苍梧县教谕。

独秀山

桂林号多山,兹山独名胜。
尊严耸霄汉,秀气实充物。
正如郎官贵,冠冕侍宫禁。
又如羽毛仙,星冠礼清净。
或如郑公笏,可望不可搢。
夜阑悬佛灯,乍喜星斗近。
天明陟危巅,苍苍杳难问。
乃知天地高,卷石敦与并。
俯瞰读书岩,微吟五君咏。
凭吊胜国初,藩宫委灰烬。
池荒野花开,鱼雁少游泳。

◈陈鼎勋(诗一首)

陈鼎勋,字铭庭,广西临桂县人,兰森四子,乾隆年间诸生。

九日登独秀峰

时逢佳节载芳醪,
绝顶登临意气豪。
碧藓镌碑寻作者,
青山策杖属吾曹。
画屏环列千峰峙,
玉笋凌空一柱高。
秋色重城吟兴动,
且邀仙侣共题糕。

朱　锦（诗一首）

朱锦，字心池，湖南人。乾隆三十七年（1772）拔贡生，官广西知县，遂家桂林。著有《春风草诗集》。

登独秀峰山房

秀峰拔地千丈青，屹然一柱撑苍冥。
其下若断六鳌足，其上可摘高垣星。
一亭危立山腰里，石磴盘纡叠青紫。
蹒跚策杖一登临，万户楼台归眼底。
倚栏长啸天风生，山鸟飞窜山猿惊。
白云一片穿亭过，我欲乘之游太清。
太清亭午曦轮赤，茫茫大地洪炉炙。
可怜十万荷戈人，犹披铁甲攻坚壁。
我亦新从贼垒来，青山当面犹疑猜。
烽烟不见炊烟起，倦眼羁怀次第开。
蓦然古洞蒲牢吼，寒气逼人身欲抖。
下山一步一回首，他日重来须载酒。

李宗瀚（诗三首）

李宗瀚（1768—1831），李秉礼之子，陈继昌妻叔。字北溟，一字公博，号春湖，桂林市人。乾隆五十七年（1792）进士。选翰林院庶吉士。历官翰林院编修、侍读学士、太仆卿、左副都御史、工部侍郎、浙江典试、浙江学政等职。善诗词书法。嘉庆十一年（1806）与新化人邹显鹤在桂朝夕相处，酬诗唱和，得诗160余首，道光二年（1822）辑为《杉湖酬唱诗略》。

贺陈继昌三元及第

一

矫矫文公五世孙，南交科第夺中原。
三头掌故今双绝，千佛名经有几尊。
独秀高攀天极柱，一枝青出桂林村。
相期位业齐王宋，培远贻谋属相门。

二

胪传大宋已更名，世美家声叶凤鸣。
刚道珠岩浮柱合，又传石刻满城惊。
七千里外方真破，三百年前谶早成。
圣代得人方共庆，肯教温饱负平生。

三

剥复天心未易量，祝融荡扫亦嘉祥。
重新上界神仙府，依旧平泉宰相庄。
人羡唐天年如壮，我怀君子泽弥长。
泥金漫说门楣喜，白叟黄童尽若狂。

介　兹(诗二首)

介兹,生平不详。

贺陈继昌(方伯)三元及第

一

果是冯京即马京，星明奎壁照吾乡。
桂林山水甲天下，贤相勋名传四方。
诗好谶传岩洞石，梦奇身惹御炉香。
圣皇周甲初开秩，独立鳌头捧寿觞。

二

六秩椿庭介寿初，更闻捷报乐何如。
黄堂分贮泥金贴，绿野无疑贺火书。
样二元偏跨灶，卅年九陛听传胪。
百花头上开原早，好把调羹事业储。

袁　枚(诗一首)

袁枚(1716—1798),字子才,号简斋、存斋、仓山叟、仓山居士、随园老人、红豆村人,斋名随园、小仓山房、小栖霞等。钱塘(今浙江杭州)人。乾隆三年(1738)举顺天乡试,四年登进士第,改翰林院庶吉士,掌院学士。出知溧水、江浦、沭阳、江宁等县。年甫四十即告归。卜筑随园于江宁之小仓山,以书籍诗文为事。袁枚工诗文,书画亦佳,著有《小仓山房诗文集》七十余卷及《随园诗话》、《随园随笔》等三十多种。纂《江宁县新志》。乾隆四十八年再游桂林,作此诗刻于独秀峰太平岩。

来龙去脉绝无有,
突然一峰插南斗。
桂林山形奇八九,
独秀峰尤冠其首。
三百六级登其巅,
一城烟火来眼前。
青山尚且直如弦,
人生孤立何伤焉。

爱新觉罗·弘历(诗四首)

爱新觉罗·弘历(1711—1799),即清高宗乾隆皇帝,在位60年。乾隆九年(1744)十月二十七日,亲临翰林院举行宴会,因便检阅北京贡院,乃知云路鹏程诚不易,于是撰诗四首。其内容主要强调培养人才的重要,鼓励士人努力读书,把自己培养成为国家有用人材。当时凡有贡院处都把此四首诗刻成诗碑。广西的诗碑原立于桂林贡院(在王城),清末民初诗碑毁坏过半,于是贵阳人金开祥和桂林人陈志伟筹资移置玉皇阁前厦,现嵌于独秀峰前广西师范大学王城大礼堂后墙外壁间。

一

翰苑琼筵酌令辰①,棘闱来阅凤城闉②。

百年士气经培养,寸晷檐风实苦辛③。

自古曾闻观国彦④,从今不薄读书人。

白驹翙羽传周雅⑤,佐我休明四海春。

注:①琼筵:盛筵。李白《春夜宴从弟桃花园序》:“开琼筵以坐花,飞羽觞而醉月”;罗隐《简令生日》诗:“鹤舞琼筵献寿杯。”②棘闱:即贡院;闉:古代城门外层的曲城。这里指的是贡院设在凤城外。③寸晷:指日晷之影移动一寸的时间,即短暂的时间。④国彦:彦,古时士的美称。《书·太甲》:“旁求俊彦。”孔传:“美士曰彦”。国彦即国家的俊彦之

士。⑤白驹：两岁以下的幼马曰驹。这里比喻英俊的少年。《后汉书·赵憙传》：“卿，名家驹，努力勉之。”

二

尽道文章接上台，菁莪乐育济时才[①]。
千秋得失非虚也，咫尺云泥亦幻哉。
若有泪眶啼挂落，哪无笑口对花开。
凤池多少簪豪者[②]，都向龙门烧尾来[③]。

注：①菁莪：见《诗序》：“菁菁者莪，乐育材也。君子能长育人才，则天下喜乐之矣。”这里喻教育人才。②凤池：即凤凰池。魏晋时的中书省，掌管一切机要，因接近皇帝，故称凤凰池。③烧尾：唐时士子登第或升迁的庆贺宴席。

三

万里扶摇正翮抟[①]，飞龙利见岂为干[②]。
志贤圣至应须立，玄孔终无大是难。
见说经纶推国士[③]，从来桃李属春官[④]。
但令姓字朱衣点[⑤]，哪惜三条泪烛残。

注：①扶摇：急剧盘旋而上的暴风。《庄子·逍遥游》："抟扶摇而上者九万里。"②飞龙：《易·乾》："九五，飞龙在天，利见大人。"孔颖达疏："谓有圣德之人得居王位。"旧时以飞龙比喻帝王。③经纶：整理丝缕，引申为处理国家大事。《礼记·中庸》："惟天下至诚为能经纶天下之大经。"国士：旧称一国杰出的人物。④春官：《周礼》六官，称春官大宗伯，掌典礼。唐武则天曾一度改礼部为春官，旋复旧称。后世亦以春官为礼部的通称。⑤朱衣：古代帝王夏季所穿的朱红色服装。

四

周遭闱棘院沉沉，景物当前总入吟。
材拟圭璋方特达[①]，文归雅正薄艰深。
禹门鱼变辞凡水，乔木莺迁出故林[②]。
寄语至公堂里客，莫教冰鉴负初心[③]。

注：①特达：《礼记·聘义》："圭璋特达，德也。"孔颖达疏："聘享之礼，有圭、璋、璧、琮。璧琮则有束帛加之乃得达；圭、璋则不用束帛，故云特达。"后引申为特出之义。②莺迁：旧时祝贺人升官、迁居的颂词。③冰鉴：鉴，镜子，言镜洁如冰，比喻为明察。

爱新觉罗·弘历诗（蓝宪民摄）

爱新觉罗·颙琰(诗一首)

爱新觉罗·颙琰(1760—1820),即清仁宗嘉庆皇帝,1796 至 1820 年在位。

题御制诗祝贺陈继昌三元及第

大清百八载,景运两三元。
旧相留遗泽,新英进正论。

三元及第(蓝宪民摄)

查　淳（诗一首）

查淳，字厚之，号梅舫、篆仙，宛平（今属北京）人，查礼之子。贡生。乾隆五十一年（1786）三月任广西平乐知府，游桂林独秀峰，作此诗，刻于独秀峰西南壁。乾隆五十三年任桂林知府，终官大理寺少卿。

登独秀峰

身在南天尺五间，
春风晴卷时云闲。
非来游嬉重搜句，
端为登临饱看山。
胜地不须夸历历，
蛮疆曾记考班班。
夕阳又上秀峰顶，
四望千岩紫翠斑。

范学仪（诗一首）

范学仪，一作范学义，字质亭，广西桂平人。清道光十一年（1831）游桂林独秀峰，作此诗刻于峰上。

一柱镇南天，登临四望悬。
风云生足下，星斗列胸前。
拔地山千仞，环城水一川。
凭高发长啸，声彻万家烟。

范学仪诗（蓝宪民摄）

郑祖琛(诗一首)

郑祖琛(1784—1851),字和佩、梦白,号献之,浙江吴兴人,一作江浦人。嘉庆十年(1805)进士,初授新建知县,道光十二年(1832)由福建按察使迁广西布政使。次年八月游独秀峰,作此诗刻于独秀峰顶上。

衡脉蟠南荒,气逸不得束。
万石森戈芒,秀此一峰独。
长佩纡青霄,方圭卓苍玉。
高视卧龙卧,俯瞰伏波伏。
祥风扇吹烟,百雉灿列目。
萤光烛天衢,下有校士屋。
清高景文宣,遗像一何肃。
靖江渺岑楼,始安薄空谷。
升天尚可阶,行矣叹绝足。

乔用迁（诗二首）

乔用迁（？—1851），字鉴斋、见斋、恒斋，号敦安，湖北孝感人。清嘉庆十九年（1814）进士。二十四年（1819）由内阁中书入直军机章京，历任广西南宁知府、道员、广东按察使、山西布政使，官至贵州巡抚。道光十三年（1833）重九日与广西巡抚祁𡎴等游桂林独秀峰，乔作七律二首刻于独秀峰顶上。

一

万漠秋高露气清，东风知我欲山行。
金沙玉砾粲可数，老树苍崖如有情。
为同登临好风景，兹游奇绝冠平生。
地偏不信容高盖，无数新诗咳唾成。

二

谁把云根到处栽，葱葱郁郁气佳哉。
溪山胜画徒能说，风雨留人得暂陪。
应许相将游阆苑，更于何处觅蓬莱。
古来重九皆如此，樽酒祭应一笑开。

马秉良（题刻：昆仑天柱立）

马秉良（1775—?），字云谷，桂林人。回族，武生。工诗，擅书画，尤擅长绘猿猴、山水，著有《云谷琐录》、《桑榆吟草》。道光十三年（1833）重游独秀峰，前祠落成，书刻《汉白石神君碑》于独秀峰西麓，并书“昆仑天柱立”五个大字刻于独秀峰半山石壁。

陈　鑅（题刻：第一山）

陈鑅，字桂舫，号丹崖、谷孙、蜗叟，斋名碧罗吟馆。桂林人。道光十七年（1837）举人。咸丰初年以办团练有功，授山西岚岢知州，任职十余年，后擢员外郎。工诗，善书法。道光十三年（1833）临宋代米芾“第一山”三字刻于桂林独秀峰西南石壁。

李佩蘅（诗二首）

李佩蘅（1792—1851），一作佩衡，字子壮、榕陵，一作榕舲，自号罗衣山人，广西荔浦人。嘉庆二十五年（1820）进士。授湖南安乡知县，先后主讲湖南湘阴书院、广西平乐道乡书院、广东潮州韩山书院、广西修仁敬仁书院。著有《钓鳌诗集》、《崙雅堂文集》。道光十三年（1833）九月十一日游桂林独秀峰，作七律二首刻于独秀峰石壁。

一

秀压群峰不敢争，天垂一柱镇边城。
绝无倚傍空前后，应有神仙下送迎。
风雨撼秋孤胜会，云霞留兴补诗盟。
梯空未必难臻顶，只在平心稳步行。

二

直上真疑手捧天，心头眼底浩无边。
纵横岭表数千里，跌宕词场二十年。
定积骖鸾归主掌，从看修凤起联翩。
我来别有登临兴，不要山灵插座延。

吕　璜（诗一首）

吕璜（1777—1839），字礼北，号月沧、南郭老民，广西永福人。嘉庆四年（1799）就读于桂林秀峰书院。嘉庆六年（1801）举人，嘉庆十六年（1811）进士。历知浙江庆元、奉化、山阴、钱塘等县。迁西塘海防同知，时称循吏。道光五年（1825）因“会检德清县民妇徐蔡氏尸骨不实”罪罢官归里，赁居桂林凤凰街。道光十三年（1833）十月九日与马秉良等游独秀峰作此诗，刻于峰顶上。

凌空斗绝一峰苍，丹垩鲜明出上方[①]。
山自众中推独秀，客从秋后展重阳。
略穷桂海吟眸豁[②]，渐近云霄风力刚。
料得骖鸾无藉在[③]，欲招仙子共翱翔。

注：①丹垩：丹，朱漆，垩，白土。此指独秀峰色彩鲜艳。“上方”指高处，天界。②此句指登独秀峰顶，可纵目远眺，一览桂林山色。吟眸犹言诗人的眼光，豁指开朗。③无藉在：谓骖鸾在仙府无人慰藉。杜甫《送韦书记赴西安》：“白头无藉在，朱绂有哀怜。”

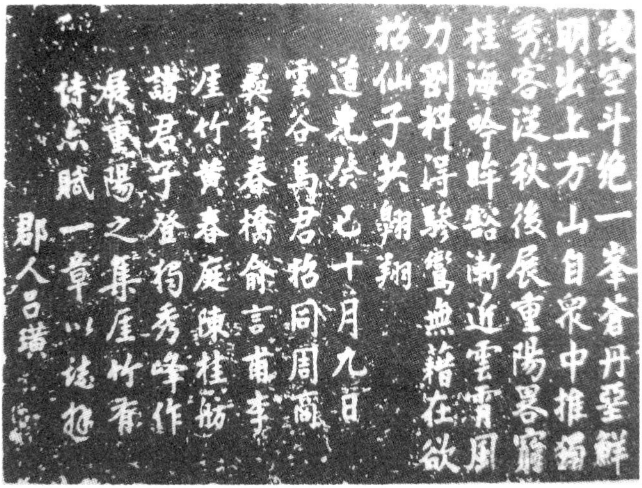

凌空斗絶一峯蒼丹壑鮮
明出上方山自衆中推獨
秀客從秋後展重陽暑窮
桂海吟眸豁漸近雲霄風
力劉料得驂鸞無藉在欲
格仙子共翱翔
道光癸巳十月九日
雲谷馬君格同周商
彝李春橋俞言甫李
厓竹黄春庭陳桂舫
諸君子登獨秀峰作
展重陽之集厓竹有
詩点賦一章以誌趣
郡人吕璜

吕璜诗(蓝宪民摄)

龚南金(诗二首)

龚南金,字谱香。道光十三年(1833)九月十一日偕同李佩蘅游桂林独秀峰,两相唱和,龚作此诗刻于山崖。

一

虹腰倒挂势峥嵘,万丈灵峦控百城。
满眼云霞舒啸傲,凌空身世任纵横。
重开莲界翻新样,细扫苔痕认旧盟。
好嘱诸公孤顶立,要从高处看分明。

二

长风吹上翠薇巅,高阁凌云渺若仙。
到此众山皆俯首,扪来一柱独撑天。
万家烟火楼台外,千里湖湘夕照边。
定识主裁归大雅,龙华清宴继前贤。

李宗澳(诗三首)

李宗澳,字崖竹,祖籍江西临川,寄籍桂林,李宜民孙。道光十三年(1833)十月九日,与马秉良等游桂林独秀峰,作七律三首刻于独秀峰石壁。

一

独秀之名咏于诗，谁其首者颜延之。
颜公既贵学不废，悬岩额篆蟠蛟螭。
有明封藩大启宇，梁园宫殿排参差。
壁间题志半漶灭，大抵车盖陈游嬉。

二

国朝文轸逮百粤，骚人学士来停騑。
随园一作较称善，人生孤立何魁奇。
迩来韵事颇就寂，台垣倾废无全规。
云谷居士古健者，鸠工聚材宏其基。

三

遂令一时五君咏，字画完好星日垂。
今君更约展重九，茱萸遍插杯壶携。
诸公自是斫轮手，贱子何幸操觚随。
雕虫绣虎不足道，为君重振千年衰。

胡午亭(诗四首)

胡午亭,吴(今江苏苏州)人。道光十四年(1834)三月十五日,与纪善芳由广州之湘楚,道经桂林,与原停于桂林之张竹泉、章利川、刘和斋三君子同游桂林独秀峰,作此四绝句刻于山崖。

一

郭外青山山外城,山城如画画难评。
此峰秀峭挺然立,一笔通天独自成。

二

万岫如云半日衔,孤岚耸秀镇千岩。
天涯过客同游览,小有勾留亦不凡。

三

漓江春泛偶停桡,得看奇山第一遭。
孤直不妨拔地起,独标高洁立根牢。

四

怪石幽峦簇桂林，卓然屹峙一孤岑。

最高立脚休言险，放眼乾坤且息心。

阿勒清阿(联一副)

阿勒清阿,字镜泉,隶满洲正蓝旗。道光十二年(1832)授广西按察使。十四年(1834)五月游桂林独秀峰,撰此联刻于独秀峰。十五年(1835)迁广东布政使。鸦片战争期间,任山西巡抚,认真执行禁烟。后官刑部尚书,加太子太保。

烟景纵观开眼界;

峰峦直峙近云天。

胡与龄（诗一首）

胡与龄，湖南湘潭人。道光十四年（1834）八月，陪同按察使阿勒清阿游桂林独秀峰，作此诗刻于独秀峰石壁。

使君暇日出冰衙，
翠巘登临石径斜。
万仞纵观真自得，
一帘环聚静无哗。
遍寻墨沈群贤迹，
俯察炊烟百姓家。
未到重阳先已上，
龙山不及此游嘉。

李天球(诗一首)

李天球，自署“象郡人”。道光十五年(1835)夏游桂林独秀峰，作此诗刻于山崖。

壁立八千仞，
孤臂撑天南。
秀出群峰首，
元气空中含。
海峤遥相联，
湘漓近可掬。
足下风云生，
周览惬心目。
恨少惊人句，
搔首问青天。
何时得奇遇，
笑拍洪崖肩。

梁章钜（联二副）

梁章钜（1775—1849），字茝中、闳林，号花舫、东园、退庵、茝邻、退庵居士，斋名二思堂、北东园、戏彩亭、怀清堂、池上草堂、古瓦研堂、藤花吟馆。福建长乐人，徙居福州。嘉庆七年（1802）进士。历任礼部主事、军机章京、礼部员外郎、湖北荆州知府、江南淮海河务兵备道、江苏按察使、山东按察使、江西按察使、江苏布政使、甘肃布政使。主张严禁鸦片，支持林则徐禁烟运动。道光十六年（1836）任广西巡抚、提督军务兼理粮饷。在桂期间提倡文教，汇刻古今粤西诗作，名为《三管英灵集》，遍游桂林山水，多有题刻。曾于独秀峰书刻颜延之“峨峨郛邑间”诗句，并在独秀峰读书岩刻“诗境”二字。宋桂州知州孙览在独秀峰下建的五咏堂及在堂内刻的《五君咏》毁塌后，道光年间，梁章钜重建五咏堂，并据其家藏拓本再刻《五君咏》，并题五咏堂联二副。

一

胜地如画图，是贤守遗区①，雄藩旧馆②；

灵山托文字，有叔齐作记③，孟简题名④。

注：①贤守指颜延之。②雄藩，指明代靖江王。③叔齐，指唐代郑叔齐，曾撰《独秀山新开石室记》并刻之于独秀峰读书岩上。④孟简，字几道，唐代平昌人，著名诗人孟郊的叔父，曾在读书岩刻石题名。

二

得地领群峰，目极舜洞尧山而外；

登堂怀往哲[1]，人在鸿轩凤举之中[2]。

注：①往哲：前贤，先哲。②鸿轩：鸿雁高飞。鸿飞凤举，比喻举止高尚。颜延之《五君咏·向常侍》："交吕既鸿轩，攀嵇亦凤举。"

◈余应松（联二副）

余应松，字小霞，清代广西人。嘉庆进士，曾任广西三防塘主簿、桂林通判等职。工联语，下为其题五咏堂联二副。

一

户外一峰秀；
窗前万木低。

注：此联为集句，上句是孟浩然诗，下句是张谓诗。

二

异代景前修[①]，想石榻摊书[②]，竹林怀友[③]；
新堂怀旧抱，对半潭秋水[④]，一柱奇峰[⑤]。

注：①景：敬仰。前修，指古代品德高尚的人。②石榻摊书：颜延之任始安太守时，治所在今独秀峰附近，公余之暇，常在独秀峰南麓的岩洞中读书，故有石榻摊书之说。③竹林怀友：指怀念竹林七贤中之五君阮籍、嵇康、阮咸、刘伶、向秀。④半潭秋水，指月牙池。⑤一柱奇峰即独秀峰。

王惟诚(联一副)

王惟诚,字孚远,号太舟,嘉庆年间进士。道光年间任广西布政使,此联作于道光年间。

造物本无私[①],移来槛外烟云,适开胜境;
会心原不远[②],就此眼前山水,犹见古人[③]。

注:①造物:创造万物者。②会心:指心能领会。③古人:一作"故人",指颜延之。

陈宏谋(联一副)

陈宏谋(1696—1771),字汝咨,号榕门,广西临桂人。雍正元年(1723)进士,初授翰林院检讨、吏部郎中。乾隆年间历任浙江道监察御史、扬州知府、云南布政使、天津分巡河道、江苏按察使、江西布政使,江西、陕西、湖北、河南、福建、甘肃、湖南、江苏等省巡抚。乾隆二十二年(1757)迁两广总督,后署湖广总督。二十八年(1763)召入京,任吏部、礼部、工部尚书,充国史馆、玉牒馆、三通馆副总裁。三十二年(1767)授东阁大学士。后加太子太傅。三十六年(1771)因老病致仕。卒于返乡途中,谥文恭。著有《培远堂文集》,主修《湖南通志》。

桂林贡院联

场列东西,两道文光齐射斗;

帘分内外,一毫关节不通风。

注:清代桂林贡院在今王城院内,是科举时代广西乡试之地。此联说法不一,也有人说是李渔(笠翁)或黄莘田所作。

陈继昌(联一副)

陈继昌(1791—1856),原名守壑,字哲臣,号莲史。斋名如话斋,桂林人。东阁大学士陈宏谋玄孙。嘉庆十八年(1813)乡试解元,二十五年(1820)会试、殿试均第一,两广总督阮元为其题“三元及第”额,立于桂林贡院正阳门。初授翰林院修撰,历任陕西乡试副主考、陕甘主考、江西按察使,迁江西、山西、直隶、甘肃、江宁布政使,擢江苏巡抚。道光十九年(1839)三月为全州蒋岳麓撰墓志铭。道光二十五年(1845)因病辞归。著有《如话斋诗稿》、《读书心解》、《礼学须知》等。

桂林贡院联

往事听徐说;

高词肯浪吟。

方　中(诗一首)

方中,字一峰,浣江(今浙江诸暨)人。道光二十二年(1842)游桂林独秀峰,作此诗刻于独秀峰西南石壁。

□□南天一柱擎,
秀□百粤掌文□。
三□烟火□公□,
十万人家绕缭生。
雉堞回环齐下拜,
英雄未有不争名。
我凌绝顶徘徊久,
一览青空无限情。

周诚之(诗一首)

周诚之，字霁岚，原籍甘肃陇西，徙居江西湖口。道光二十年(1840)进士，赐文林郎，授义宁知县。道光二十三年(1843)三月游桂林独秀峰，作此诗刻于独秀峰石壁。

独立秀峰巅，
苍茫云气连。
乱山飞鸟外，
看□摩西天。

◈张祥河(联一副)

张祥河(1785—1862),原名公璠,字元卿,号鹤在、诗舫、诗舲、诗道人、法华山人、醉乡侯,斋名四铜鼓(古)斋、小重山房、小方壶。娄县(今属上海松江)人。嘉庆二十五年(1820)进士,历任内阁中书、军机章京、户部主事、户部郎中等职。道光二十四年(1844)二月在独秀峰东麓绝崖上刻"紫袍金带"四大字,并题独秀峰五咏堂联一副:

雄藩胜览曾开囿①,
太守风流尚读书②。

注:①雄藩:指靖江王府,囿:有围墙的园地。②太守:指南朝诗人颜延之,曾任始安郡太守。好读书,独秀峰下有"颜公读书岩"遗址。

张祥河题刻(蓝宪民摄)

耆　英(题刻：介然独立)

耆英(1790—1858)，爱新觉罗氏，字介春，清宗室，满洲正蓝旗人。以荫生授宗人府主事，迁理事官。擢内阁学士，兼副都统、护军统领。历任理藩院侍郎、兵部侍郎、内务府大臣、礼部尚书兼都统、工部、户部尚书、盛京将军、广州将军、杭州将军、两江总督、两广总督等职。道光二十六年(1846)十月游桂林独秀峰，书刻“介然独立”四大字于独秀峰东面石壁，已毁。

罗承澍（诗一首）

罗承澍，字炳槐，自署“古昭陵（今陕西境内）人”。同治三年（1864）游桂林独秀峰，作此诗刻于独秀峰西麓石壁。

登独秀峰

老夫夙有游山癖，惯上山头着双屐。
矧闻西粤多奇山，千怪万状轶尘环。
恨不凌风扶健足，飞岩绝壁穷跻攀。
一行作吏来此地，看山得句沿途记。
月牙风洞天然成，独秀峰尤征诡异。
巑岏耸拔平地起，来龙去脉从何指。
有如一柱南天擎，休倩旁山为倚恃。
山腰一线侧径开，欲上不上几徘徊。
三百六级螺旋上，凌空步步生疑猜。
勃窣媻跚升绝顶，望远苍茫离地迥。
漓江东去不西归，群山指竖环四围，
木龙象鼻皆驯伏，独立此山皆岿巍。
阿侬到此动遐思，一语持赠宦游知。
登高蹉跌防懔懔，人到官高危更甚。
劝君登山休上最高峰，居官切莫居极品。

郭司经(联一副)

郭司经，字修文，山西汾阳人。善擘巢大书。同治五年(1866)游桂林独秀峰，作此联刻于独秀峰东麓石壁。

福如东海长流水；

寿比南山不老春。

梁肇晋(诗三首)

梁肇晋(1844—1882),字振康,号少亭,梁同新之子,广东番禺人。同治十一年(1872)六月游桂林独秀峰,作此绝句三首,刻于山崖。

一

矗如孤塔树层层,数级心摇步不胜。
毕竟凭依在城市,游人时许历阶升。

二

登高远望碧云空,俯叹尘嚣类转蓬。
此日垣墉桂林郡,当年楼阁靖江宫。

三

百蛮征战水东流,漓水盈盈几度秋。
曾记巴中见石柱,复思海市涌之罘。

文星瑞(诗一首)

文星瑞(1825—?),字树臣,室名啸剑山房,江西萍乡人,文成之子,文廷式之父。同治、光绪年间任广东高要知县,迁知廉州,晋广东省帮办军务,官至观察使。尝游桂林独秀峰,作此诗刻于独秀峰石壁。

无意居人世,
群峰此独尊。
高擎惟日月,
孤立撑乾坤。
气象文昌应,
风裁柱石论。
会当摩绝壁,
题句小昆仑。

张联桂(跋刻慈禧书“寿”字)

张联桂(1838—1897),字丹叔、弢叔,斋名延秋吟馆、问心阁、问心斋、穆如轩。江苏江都人。咸丰年间为太常博士。同治九年(1870)任灵川县知县,调知贺县、桂林府同知,后授广西庆远府同知,迁广东高州知府。光绪八年(1882)擢惠潮嘉道,调署粮道。光绪十二年(1886)调湖北荆宜施道,同年擢广西按察使,十八年(1892)升广西巡抚,二十一年(1895)十月十日恭逢慈禧太后六旬大寿,联桂以御书寿字摹刻于独秀山南壁,俾岭表臣民咸共瞻仰。

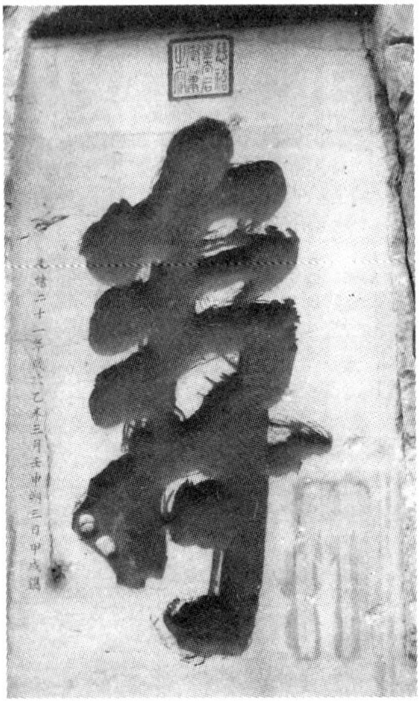

张联桂题刻(蓝宪民摄)

谢光绮（诗二首）

谢光绮，字方山，号榆园、瞻榆池馆生，河北大兴（今属北京）人。清代诗人书画家。光绪年间为广西粮道、广西按察使。引退后定居桂林。工书画，收藏甚富。光绪十六年（1890）作此诗刻于独秀峰。著有《莲吟草》。

独秀峰

飞来直欲诧西湖，嶻嵲王公昔就都。
尽有扶持人竞上，了无依傍势原孤。
始安太守诗常在，小李将军画不殊。
一柱南州夸特出，可三二别四三壶。

登独秀峰随过读书岩感赋

卅年流序去骎骎，秋老登临喜不禁。
千叠云山还到眼，万家烟火倍关心。
郑公作记崖犹护，孟氏题名爨勿侵。
往日雪鸿留指爪，月牙池畔碧苔深。

朱树德（诗一首）

朱树德，字达卿、永达，号东谷、容园。广西临桂县人。诗人、画家。光绪十七年（1891）作此诗刻于独秀峰读书岩。

嵯峨特挺秀，
间气此钟毓。
群峰未许俦，
苍翠森林木。
间披沈子诗，
乃识颜公屋。
来访山之东，
盘桓爱深谷。

俞　征、李　雍（题字：凌霄）

光绪二十四年（1898），俞征、李质、李雍三人同游桂林山水，在独秀峰顶题“凌霄”二字。

李　雍（诗一首）

李雍，字萃之，桂林人，清末至民国年间常与胞弟李质及俞征漫游桂林山水。光绪二十四年（1898）游独秀峰时，李雍作此诗刻于崖壁。

天为英雄显大名，
故将海宇起纷争。
神奸叵测多窥伺，
小丑无知敢妄行。
斩佞只凭三尺剑，
雪仇拟请一长缨。
山灵尚使常呵护，
愿与诸君佐圣明。

蒋　瀚、林　均(诗一首)

蒋瀚,字海谷,桂林人。工书法,善绘画。光绪三十一年(1905)九月九日,与林均同游独秀峰,同作此诗,刻于山崖。林均,字颂平,广东人。

登高憩莅此高峰,
举目遥观万里穷。
独秀挺立标地镇,
千秋巍峙并华嵩。
漫谈已上当头月,
欣羡徐来落帽风。
山灵有应常呵护,
助展经纶佐圣躬。

汪为霖（诗一首）

汪为霖，江苏如皋人，字春田，官广西思恩知府。有材勇，多技能，善画兰竹。

登独秀峰

拔地参天起一峰，
当空高插碧芙蓉。
绝无依倚成孤立，
䌷绎摩崖识旧封①。
蹑级数登三百六，
群山遥列几千重。
我来顶上凭栏望，
万户炊烟暮霭浓。

注：①䌷绎：汇辑整理出条理，引申为阅读。此句意为阅读摩崖石刻就可以了解前代的遗事。

廖鸿熙（联一副）

廖鸿熙，光绪二年（1876）七月游桂林独秀峰作此联，刻于独秀峰。

撑天凌日月；

插地镇山河。

卞　斌（联二副）

卞斌（1778—1805），字叔均，号雅堂，浙江归安（今吴兴）人。嘉庆进士，官光禄寿卿。

一

题独秀峰王府

光禄诗[①]，文节书[②]，大府来时开胜境[③]；

王公冕[④]，将军画[⑤]，名山何日得重游。

注：①光禄：颜延之曾任始安太守，官金紫光禄大夫。②文节：指南宋林光朝，福建莆田人，宋孝宗年间进士，曾任广南西路提点刑狱，谥号文节。③大府：明清时称总督、巡抚为大府。这里指梁章钜。道光十八年（1838），梁章钜以旧藏黄庭坚书《五君咏》真迹刻石立碑。④王公：指靖江王。⑤将军：指唐代画家李昭通，唐玄宗时武卫大将军李思训之子，官至中书舍人，后世称之为“小李将军”，清代谢光绮独秀峰诗：“始安太守诗常在，小李将军画不殊。”

二

独秀峰五咏堂

胜境重开，诗采书声延古趣；

生机最乐，雀喧鱼戏助天和。

跋云:“独秀峰下有颜光禄读书旧址,岁己亥,莒林中丞规度其地,即起垣宇,刻五君咏壁间,暇则集同人于此做放生事。因拟联语,并识之。”

邓显鹤(诗一首)

邓显鹤(1777—1851),字湘皋,新化人。自幼喜吟咏,晚年先后主讲常德朗江书院、宝庆濂读书院。

秀山同李春湖中丞作

巨鳌戴神州,荒徼弃岭外。
元气所不统,万类恣诞怪。
帝怒炎纲倾,作镇奠南戒。
突兀崒一山,万古无与对。
岂惟依傍绝,深恐宙合隘。
直从平地起,上与云霄会。
玉立森万峰,尽扫琼瑶碎。
叠彩与宝积,曾不与地芥。
伏波亦劲敌,贰副未敢背。
屹立一巨人,撑拄此世界。
傲岸征骨力,整严见风概。
所嗟落蛮荒,溷迹近城阓。
望秩典未崇,岳渎封已太。
正如布衣尊,顿失万乘贵。
藐焉混中处,气欲齐嵩岱。

矫首斗帝昏，六龙展时迈。
明禋荐牲币，崇爵晋珪玠。
巍巍坐堂皇，肃肃俨冠珮。
非徒云亭禅，直拟鹑火配。
泽物兴云雨，捍灾御魑魅。
慰彼望岁心，发我仰止喟。
山乎其勉旃，具瞻独可畏。

周克堃（诗一首）

周克堃，曾任荔浦知县，生平不详。

独秀樵归

秀绝一峰耸碧霄，
夕阳西下认归樵。
岩喧急瀑答新唱，
路转丛花过小桥。
满眼青山忘日暮，
半肩红叶带秋挑。
回头傍晚人烟少，
孤柱擎天月影摇。

◈黄　圻（诗一首）

黄圻，字达之，一字湄荪，广西临桂县人。道光年间布衣。

颜公岩

桂岭环城如雁荡，北峰屹立无所让。
楼观参差郁云端，钟声清昼铿阑干。
其岭三百六十级，搴衣欲陟愁跻攀。
山麓有洞何幽敞，石床琴荐恣惝恍。
寒翠忽破林鸟鸣，幽绝并无道人访。
缅昔颜公此读书，侍从不来闲隼旟。
矫如鸾凤翔云表，惜少嵇阮来结庐。
五咏虚堂无遗构，夫君沉想莫余觏。

◈邓辅纶（诗一首）

邓辅纶（1823—1893），字弥之，湖南武冈人。咸丰元年（1851）副贡，以助饷叙内阁中书，为晚清湖湘诗派的首领，与王闿运齐名。后应许振祎邀，主讲江宁文正书院。光绪十九年（1893）卒于讲舍。著有《白香亭诗集》三卷。

独秀峰怀古

秀岩如畸士，介立无尺土。
群岫尽奔朝，却视皆首俯。
峭势奋千仞，危磴悬一缕。
举瞩骇且眩，侧足羞不武。
及兹绝壁尽，始识真面古。
五岳镇中原，八桂谁比数。
岂知云电屯，郁此乾宰怒。
兹峰独亭峙，南天赖撑柱。
间气果有归，余雄敢跋扈。
高咏颜公诗，清风过飞雨。
下寻靖江碣，遗殿惟坏堵。
金碧有时凋，岑蓥焉长主。
悠悠平生怀，委弃在尘莽。

无名氏（诗三十首）

《独秀峰题壁》诗三十首，据太平天国资料所载，是无名氏所作。但也有说作者是周贻徽，各说不同，此取无名氏说。此诗系诋毁太平天国农民革命，请读者鉴别。

一

孤峰卓立耸南天，凭眺关河意惘然。
四境风遒传鼓角，万山云暝接烽烟。
蕉荷未息劳宸虑，将相无谋致凯旋。
多少胸怀不平事，登高握管恨难宣。

二

李花落尽扑杨花，洪浪翻腾水一涯。
青布旗分千队列，紫金山险万重遮。
干戈窜扰常滋蔓，岁月因循屡及瓜。
试问浔阳江上望，虎狼到处已无家。

三

羽书飞檄蹴尘红，瘴海鲸鸮击圣衷。

赤浪已安新属国，紫泥重起旧元戎。
孤山和靖先归道，铭斗桓侯未奏功。
太息将星沉两地，红羊劫运害无穷。

四

谁道周郎善用兵，将军小李更无名。
千行坐拥心原壮，一战逃归胆已惊。
好勇无谋花乱阵，潜军不出柳藏营。
出师未捷身先死，纵贼殃民负圣明。

五

三年零雨未班师，戎事弥缝洞主知。
红粟新从天府运，黄麾喜见相公持。
绝无豹略诛蛮触，空有鸦军振鼓鼙。
如此大权归独揽，红旗何日靖边陲。

六

剑影刀光列从官，重重帏幕独盘桓。
围棋自诩争先着，飞檄俄传失永安。
固垒深沟夸胆壮，缺破戕斧转心寒。

孤城咫寸无人近，半载遥从壁上观。

七

春风春雨又花朝，战伐频年壮志消。
上将坛前眠永昼，游魂釜底遁中宵。
封章连日夸收复，城郭无烟感寂寥。
最惜桓桓称四镇，模糊身死答当朝。

八

伴食名真宰相同，一筹莫展笑诸公。
达人知命身先退，巴客登场曲便终。
望似姚崇都寂寂，才如严武亦庸庸。
天南幸有飞来鹤，不负君恩奖许隆。

九

经年旌节驻南关，团练规条到处颁。
浪掷金钱招壮士，全凭苍赤御诸蛮。
高谈静镇全无备，临事张皇莫济艰。
看尔肠肥兼脑满，一腔尘俗未全删。

十

榕城雉堞认迴环，二百年来莫扣关。
谁使雄师班马岭，任教群盗聚牛山。
讹言夜半闻风起。残卒六塘带月还。
独坐东城看癸水，谶诗应向古碑删。

十一

角声吹起万山寒，贼似潮来涌巨观。
象鼻鸣雷争掷炮，龙头近日遍招团。
誓师不少登陴哭，临渴方知掘井难。
幸有将军天上至，葵心向日报平安。

十二

前驱都护走中宵，耿耿忠心答圣朝。
范老兵机同甲贮，武侯心事共琴焦。
偏师直捣张旗鼓，危堞高攀静斗刁。
血战随行三百骑，桥头痛绝霍嫖姚。

十三

火光彻夜满城红，万瓦鱼鳞一炬空。

疑阵纵横参妇女，战声喧杂扰儿童。
梯悬取月空成梦，车走轰雷未奏功。
毒焰披猖开夜宴，笙歌群集画楼中。

十四

力守危城志枕戈，老成深算自安和。
神旗夜见翔鸾鹤，军令宵传肃鹳鹅。
临敌全凭巴将勇，论功应让楚军多。
边隅多少簪缨客，谁愿承平奏凯歌。

十五

儒生从未读兵书，请战殷殷计已疏。
出岫无云虚发矢，临江有月早回车。
前驱竟许音怀我，余子何曾勇贾余。
满目草根缠白骨，一回凭吊一欷歔。

十六

堂堂练局敞朱门，别有三峰屹立尊。
御寇无谋争鼠窃，持筹得路即鲸吞。
井蛙竞约官私话，蚊蠛闻膻暮夜奔。

堪笑围城刚一日，旗枪收拾渺无痕。

十七

团散无须仗远乡，省垣门户慎提防。
文人竞献平戎策，竖子争传御侮方。
桂管周围看比翼，花名轮转似回肠。
青钱赢得毛诗数，笑煞诸君半入囊。

十八

度支随处置粮台，用似泥沙亦可哀。
巨帑几曾归实用，长官各自积私财。
虚空楼阁凭心造，依样葫芦信手裁。
最惜金钱千万计，簿书虚冒一篇开。

十九

请缨半是牧猪奴，贵介财翁意气殊。
貂尾双飘容整肃，马蹄一阵响模糊。
上台薪水多虚领，捷径冰山各竞趋。
若问奇勋何处建，街头终夜乱喧呼。

二十

募民千百系巾红。名号衣冠各不同。
未遇贼锋先胆怯，争搜民物转心雄。
江湖寇盗连天聚，田里桑麻铲地空。
辱及蛾眉浑不禁，椎牛还想望成功。

二十一

深宵怜阁自焚香，数百残兵气不扬。
退贼但知悬赏格，逆词竟敢抗王章。
牙枪自卫围貔虎，幽谷频迁畏犬羊。
叹息英雄逢末路，安排遗表奏当阳。

二十二

束薪如桂米如珠，两月围城费转输。
囊饱每多肥吏役，雕搜到处捉民夫。
练丁成市通交易，良贾居奇较寸铢。
最爱风流京兆尹，理繁才调重当涂。

二十三

百金悬赏遍传呼，间谍累累各被拘。

自是荆榛应剪伐，偏多薏苡讼冤诬。
孤城斗大宵传柝，比屋灯燃夜觅珠。
城外云屯城上望，天狼何日受天诛。

二十四

春归渐近熟梅天，固守危城众志坚。
连日长围排偃月，熏风微动又经年。
尸横遍野来狐兔，血洒空山泣杜鹃。
妙绝敌人渡江去，诸公犹在梦中眠。

二十五

碧莲峰里稳旌旗，贼去贼来坐失机。
拥此精兵甘退舍，让他群盗合重围。
登楼王粲空悲贼，化鹤丁仙早退飞。
报道双旌城外至，儿童笑指相公归。

二十六

贼来袖手尽无谋，事后争功转不休。
荐牍滥邀飘翠尾，升衔偏耀烂羊头。
苞苴赢得书中考，瓜蔓联来重上游。

更有东山高卧客，崇阶五品羡同俦。

二十七

蔓草连天去更难，永安破后又兴安。
黄巾不少闯门寇，黑夜先逃守土官。
瘠地搜捐皮已尽，遥山炮响胆先寒。
倘教执法无私曲，应斩魁渠沥肺肝。

二十八

天南要隘画全州，万艘连樯踞上游。
部伍交心支半壁，敖曹奇勇着千秋。
粮空无策同枵腹，城破谁家不断头。
恨煞刘郎离百里，连营高坐转优游。

二十九

纡青拖紫荷君恩，勘乱无才负至尊。
岂有甘棠怀郑伯，谁怜芳草感王孙。
剧知吴地风流歇，不怕劳人昼夜奔。
闻道徐陵方捧檄，边疆谁赖固篱藩。

三十

解组归来隐敞庐，乡关扰攘更愁余。

承恩幸厕鸳鸾列，感世真同燕雀居。

八口无依劳转徙，四郊多垒益趦趄。

长歌聊当穷途哭，谁采胪言达帝除。

刘　琪(诗一首)

刘琪,字茗生,安徽五河人。光绪二十八至三十年(1902—1904)随左副都御史柯继文到桂督察,为其幕僚。著有《桂海集》。

独秀峰

平地擎霄石一拳,
靖江宫后月池前。
岩花阅尽兴亡态,
诗客生成岭峤缘。
夕照峰峦堆四面,
清时鼓角静三边。
足疲未遂攀跻愿,
羡煞凌风不翼仙。

民国时期

◈张式钦(诗三十首)

张式钦(1875—1950),字承楷,号枕剑生。广西永福县人,回族。桂林法政学校毕业,在桂操律师业。曾多次当选为桂林律师协会会长。1950年病逝于桂林。1924年沈陆大战时,张被困桂林城中七十余日,目睹战事实况及兵民惨状,遂步清人无名氏《独秀峰题壁诗》原韵,作《独秀峰后题壁诗》三十首。

独秀峰后题壁诗三十首

《独秀峰后题壁诗》三十首,仍步前韵,为民国十三年(1924)甲子三月初八日,闭城七十九日,感怀时事而作,借以纪实录耳,非敢言韵语也。

一

三月春光欲暮天,感怀时事独潸然。
葱茏云树千家雨,扰攘尘氛四境烟。
满目血飞兼肉搏,倩谁坤转与乾旋。
可怜无数虫沙辈,七尺微躯到处捐。

二

豪杰争看世界花，连朝泪雨洒天涯[1]。
声喧大弹中霄彻[2]，翳起阴霾到处遮。
何事燃萁偏煮豆，同仇敌忾竞分瓜。
城南烟火都消尽，谁惜编氓未有家[3]。

注：①闭城以来无日不雨。②每夜攻守双方施放大炮，声震云霄。③西南门城外概作战场，民屋焚烧尽净，居民流离失所，转徙一空。

三

开仓平粜粟陈红，当道扰危系寸衷。
首重斯民期足食，频增战垒愧和戎[1]。
万家生佛成虚话[2]，两度轰城莫奏功[3]。
传示援兵期日至[4]，军民引领望无穷。

注：①沈鸿英将军派代表来城议和，陆荣廷老帅请先退三十里，不为城下之盟，仍一面于南门城口增筑炮垒，以示准备。②沈将军前岁秋间回桂，满街张贴万家生佛四字。③四月初三及十八日黎明时，一由文昌门外，一由南门城外挖掘地道，用火药攻城，无效。④四月初旬，城中遍发传单，谓援兵集中古化道出山口，十日内可到。

四

俨同赤壁夜鏖兵，不惜千秋遗臭名。
绝塞风高星斗灿，连宵火警梦魂惊[①]。
围攻几易新花样，坐镇从容细柳营[②]。
顽石偶随枪弹裂[③]，只缘态度不分明。

注：①三月十六、十九、二十一、及二十三、四等夜，西南门城外火光烛天。②陆帅及韩彩凤总指挥军纪严明，城中镇静不惊。③桂林县长石宝恭三月十七日早被韩总指挥迫近枪毙，传闻有通敌之嫌。

五

困守金城早誓师，神灵默佑示先知。
丁年气奋争前敌，亥夕机危费主持[①]。
列阵纵横施弹雨，高峰呐喊耀旌旗[②]。
而今束手无方略，空有威名镇远陲。

注：①陆帅命人扶乩，关圣临坛降偈语"遇羊则顺，遇豕则逆，慎之慎之，谨防亥夕"。至四月十七日干系己亥，是夜果有

轰城之警。②兵守老人峰一带，每旋放大炮必摇旗呐喊。

六

部卒于今列上官[①]，军中将士尚桓桓。
不因远道相援助，未必孤城可久安。
月夜更深枪正烈，麦收节过气犹寒[②]。
登城试向西南望，血染成渠豁巨观[③]。

注：①如陆云高辈系陆帅部卒出身，今亦附沈叛陆。②四月已过，天气甚寒。③西南门城外战死者约数百人，桥水尽赤。

七

迁延暮暮又朝朝，兵气蒸腾尚未消。
帏幄几人筹远略[①]，邮书倩孰走连宵[②]。
闾阎罕见通交易，廛市何堪慰寂寥。
古昔谶诗今不验，徒教癸水往东朝[③]。

注：①谓崔襄奇、杨少章两参谋长卒未能献一策。②按兵不至，屡欲雇侦探前往，殊难其人。③古诗云："癸水绕东城，永不见刀兵。"今不验矣。

八

争城掠地一般同，只为偏私不为公。

奋勇前驱锋早锐[1]，迷离底事话难终。

惊传城脚窟先陷[2]，怕听墙头弹掠空。

每到更阑人静候，高山逸响正隆隆。

注：①三月十一晚由丽泽门冲锋出战，连夺得老人山及甲山、骝马山等，四月初一及十一晚，沈军复来老人山攻击，被枪毙数百人而退。②四月二十一日，沈军复在南门外挖地道，忽崩裂成壕；二十六日下午，福旺街城脚又隐一窟，附城居民惶恐特甚。

九

回忆榕城未闭关，羽书激战已先颁[1]。

相期逞志残同种，何不宣威镇百蛮。

拚掷头颅争势利，孰将肝胆照时艰。

茫茫前路浑难定，安得荆榛手自删。

注：①二月初旬，沈鸿英部将邓右文已遍发传单，大有攻取桂林城之势。

十

登陴守御早巡环，不畏云梯屡犯关[1]。
掷炮争先登象鼻[2]，浮桥竞渡夺牛山[3]。
方圆街石供携取[4]，斗大山城任往还。
蒿目时艰空殒泪，优危念虑未能删。

注：①三月初九及十一晚，西城外用长梯登城，均被守城兵士击退。②沈军登文昌门外象鼻山施放大炮。③沈军隔河踞牯牛山，韩军架浮桥前往争夺。④南门城口增筑炮垒，辄向街中挖取大石以供用。

十一

时逢五月漓江寒，水涨血流一例观。
涂炭生灵期肆志，城壕躯壳已成团[1]。
偶持寸铁纵横易，久困重围和解难[2]。
茹苦小民惟听命，关心夜夜祝平安。

注：①城外尸骸无人收检，白骨早已成堆。②四月末至五月中，双方俱派代表议和，往返磋商久历时日。

十二

香焚宝鼎度深宵，祈祷都从南面朝。
默佑每钦神指示，先机未露客心焦[1]。
漫将流弹疑春雨，恍似边城听夜刁。
席地孤眠惊恐甚[2]，几回魂梦欲飘摇。

注：①每扶乩类多隐语，事前多难索解，如关圣第一次降偈语有云："迢迢元夜，夺取昆仑，职司锁钥，谨守北门。"已而四月初一夜，果有北门外夺取老人山之警。②弹雨纷驰，每夕均席地而卧。

十三

玄黄战血几番红，十室居然九已空。
到处风餐兼露宿[1]，最怜白叟与黄童。
骷髅忍见沙场暴，劫数同归造化功。
他日凭临空吊古，不堪回忆阵云中。

注：①西南城外房屋俱被焚毁，居民每露宿风餐。

十四

无端同室竟操戈，残忍安能保太和。

扰攘不堪频逐鹿[1]，幽闲徒自羡游鹅。
才过三月莺花暮，翻恨八公草木多。
回首十年前事渺[2]，忧怀莫唱大风歌。

注：①沈军攻城每声言驱逐陆荣廷去桂林。②民国十年(1921)以前陆荣廷军威远播。

十五

孤军日日盼音书，到底天边雁影疏[1]。
坐镇纵舒名将策，援兵终靳美人车[2]。
老夫耄矣犹能敌[3]，稚子居然敢侮余[4]。
太息战争犹未已，与人相对总欷歔。

注：①日盼援兵，消息终归沉寂。②陆帅集绅商会议，自谓："纵使他军不来，余之第四夫人亦当率师而至。"今竟寂然。③陆帅每日必亲临城上施放枪炮。④沈军兵临城下，猛勇攻击，系沈鸿英子荣光督师，邓右文指挥前敌。

十六

敌军倏忽逼城门，只为蹉跎妄自尊[1]。

不问列强眈虎视，偏教同室肆鲸吞。
垣轰俨听重雷动[2]，弹骤浑如万马奔[3]。
东郭汪洋千顷浪[4]，愁添战血涨新痕。

注：①敌军未至之日，城中全然无备，陆帅咸有谁来攻我之言。②两次轰城，恍如雷声动地。③机关枪弹驰骤不休，直如万马奔腾。④三月二十五日，东门城外陡涨大水，居民纷纷迁避入城。

十七

羁愁莫问旧江乡，检点行箱日预防[1]。
忆昔旋师多统率[2]，于今动履竟乖方。
休将往事重回首，时懔危机欲断肠。
更笑官绅争售米，锱铢各自入私囊[3]。

注：①警报时闻，连番检点行箧，恐防敌军入城抄掳。②沈军前岁回桂，军纪亦甚严明。③各街父老请求分售仓米，桂林县始而把持不使利权外溢，统归县署发卖，继因拥挤不堪，方由各区领售，然均系克扣斤两，掺杂谷秕，借饱私囊。

十八

诸葛威灵镇古台[1]，兵临城下不须哀。

欲资民食方平粜，为济军需重敛财[2]。
强敌莫嫌人太晦，祸胎端自己先栽[3]。
双方和议如迁就，料得重关指日开。

注：①北门城内有山名孔明台，险踞诸峰，庙祀武乡侯，闭城后分兵驻守。②闭城以后军饷缺乏，或向商会筹借，或向房屋抽捐，罗掘殆尽。③初，陆帅委韩彩凤为桂、柳、平善后处处长，屯兵上桂，沈军因退守平乐；嗣后韩欲统一平乐，沈军无容身之地，迫作兴戎之举。

十九

群嗤少小隶奚奴[1]，云义虽高性总殊。
报德未能及万一，抚心自问亦模糊。
昔年应悔供奔走，此日当然异步趋。
欲得甘心披露布[2]，同将罪状遍传呼。

注：①陆云高曾充陆帅小使，职司贱务，为陆帅羽翼。成人，今竟以怨报德。②陆帅刊贴云高罪状，有欲得而甘心之语。

二十

名城血染夕阳红，民命偏教草木同。

大陆将沉多士挽，一韩可敌万夫雄[1]。
剧怜膏髓涂原野，忽洒尘沙翳太空。
死敌料应难瞑目，九泉还望奏奇功。

注:①韩歧山素以能战者著名，每次出战必临前敌，辟易三军。

二十一

虔心祷告夜焚香，默祝苍天作主张[1]。
楚馆高深堪避徙[2]，乩词隐约费平章[3]。
年将杖国风前烛，坐困愁城虎口羊。
时令不堪屈指计，清明节过又端阳。

注:①陆帅每夜必焚香祝祷。②敌军在文昌门外象鼻山施放大炮。陆帅驻节旧抚署，正当其冲，故畏居行辕，迁入湖南会馆。③关圣节三次降坛偈语，有“围者自围，解者自解”之语。

二十二

薪桂相衡米似珠，孤城苦守计全输。

居奇待价涎良贾[1]，负担谋生羡壮夫[2]。
慈善有人施粒食[3]，劝捐亦自较锱铢。
不堪筹借军需处[4]，共视机关是畏途。

注:①百物价昂,较平时何啻倍蓰。②肩挑负贩,食力自给者生活较易。③凤凰街彭福林每日施饭一餐,十字会则每日施粥两顿。④桂林秦步衢、张小兰辈充当筹备处处长及处员,设立机关于旧府经略署内,力劝各种绅商等捐借。

二十三

赛灯会甫罢喧呼[1]，举国若狂已不拘。
御侮未能遵指令[2]，环攻初尚疑虚诬。
偶闻城角声喧弹，犹忆灯光火灿珠。
纵使兵精能退敌，乡间从此遍萑苻。

注:①桂林因陆帅来敌,筹备龙灯,设立赛灯会于皇城,嗣因陆帅赴全州,直待至三月初三日归来,始放龙灯。②初警信飞来,陆帅始命其子裕光率兵赴大溶江防堵,讵裕光不用命,至甘棠渡已札营。

二十四

成败攸分寇与王，休矜百步向穿杨。

重恢鸿业经三载[①]，安得熊貔守四方。
退敌漫思诸葛亮，围攻孰惜老汾阳。
早知今日难为计，悔不先机预设防。

注：①粤兵入境，陆帅出走，今已三年。

二十五

艰难生计费经营，到处频惊草木兵。
寂社每多嗟断爨，縻民何事苦长征。
尸横遍野情堪悯，弹破重檐梦不成[①]。
独秀峰高凭眺望，春江水赤逼江城。

注：①三月十八夜，流弹状似核桃，大如鸡卵，破裂屋瓦而落。幸未中伤；迨自四月半至五月初，又无夕不有流弹入屋也。

二十六

漓江波涨水连天，城石虽崩守更坚[①]。
桑梓凋残期得计，将军威望失当年。
声喧黑夜惊风鹤，血染苍黎泣杜鹃。

功过不分驱死士，枉教激战作长眠。

注：①两次轰城虽无效，而城石俱已崩卸，但未得攻入。

二十七

记得高悬上将旗，十年前已事兵机。
岂无谋略甘迁地，愧煞绅商共解围。
回忆龙潜终致用[1]，拼教鸟倦各分飞。
邕宁又报烽烟警[2]，致阻南关故里归。

注：①民国十年(1921)，陆帅因粤兵援桂，避居沪上，今复登场。②桂林城解围后，忽来警报，谓李宗仁带兵袭邕。

二十八

可怜食肉未能谋，民力伤残尚不休。
援将只临山谷口[1]，雄师终盼楚江头[2]。
连朝拒寇摧前敌，百战争锋据上游[3]。
为羡西湖驴背客，军中将士已无俦。

注：①桂林被围时，陆富祥、韩彩辉等已到山口圩，被沈军阻遏未能前进。②楚兵来援，甫至全州，沈军之围已解。③韩歧山自城中率师出战，每阵必克。

二十九

不为仇雠不为恩，一般各自骛荣尊。
扬威到底残民命，遗业安能训子孙。
犹忆来时春意动[①]，旋看退似怒潮奔[②]。
定知此后无他务，重整师干固守藩。

注：①陆、韩以去，腊中旬来桂。②沈军退守平乐，纷纷奔溃；旋攻入城，韩军复如潮涌退。

三十

息影榕城久寄庐，时艰莫补每惭余。
迭遭兵匪悲落魄，安得田园返故居。
当世几人同感慨，宅身无术枉欷歔。
彼苍厌乱知何日，好把繁滋蔓草除。

1924 年

邹文蔚(诗一首)

邹文蔚,字静侯,号瘦吟,广西桂林人。民国时期在广西高等法院、南京最高法院供职,后在桂林当律师。著有《邹瘦吟诗稿》。

登独秀峰

南天一柱耸晴空,
四面山环气象雄。
独到最高峰上望,
满身云拥碧霄中。

陈海瀛(诗一首)

陈海瀛,号无竞居士,福州人。1920 年入孙中山军政府充记室,1921 年随孙中山出师北伐。先生载笔从舟自梧州出发,行 21 日始达桂林,有诗集残稿《梧州桂林杂诗》传世。

登桂林独秀峰(1921 年)

桂林佳山水,昔闻今见之。
一柱擎天际,独秀峰最奇。
峨峨如端冕,高拱众山卑。
紫袍与金带,炫目何陆离。
螺蹬穿云出,啮膝复当眉。
三百级以上,五十丈有奇。
此峰从何来,令人生猜疑。
除非巨雷劈,斤斧将焉施。
环瞩四无邻,下窥一无遗。
不有独山者,山高不自知。
去天才一握,孤云如相随。
振衣御天风,冷然与我期。
我固喜探胜,鼓勇还忘疲。
视力虽输人,足茧所不辞。

下山日已昳，揩眼来观碑。
题字半泯灭，断句空寻思。
下有读书岩，石室谁护持。
谓是颜公居，思公守郡时。
兹游信奇绝，山神要我诗。
我诗无别语，真好非阿私。
惜无李营丘，画笔穷毫厘。
犹有范石湖，桂海志能窥。
山名固自永，湛辈空自悲。
未有惊人句，看山徒尔为。

莫中令（诗一首）

莫中令，字我伦，湖南衡阳人。毕业于国民党中央军校及三军参谋大学，著有《怡园诗集》、《神州万里游》及《旅游随笔》等。

桂林独秀峰

独秀峰巅倚翠空，
擎天一柱插云中。
登高望远无穷碧，
城外群山拜下风。

◈李　氏（遗诗十四首）

李氏，原国民党师长覃连芳的夫人。民国二十六年(1937)李在桂林独秀峰坠岩自杀身亡。临终前写下遗诗十四首。覃连芳有凭吊碑在独秀峰北麓，至今尚存。

一

瑟瑟斜抱落风尘，弹破浔阳九度春。
自是姻缘难解脱，青衫不嫁嫁征人。

二

征人岁岁事长征，铁马金戈万里行。
谁说英雄夫婿好，功名心重美人轻。

三

凭栏止是忆郎时，闻到封侯喜可知。
孰知归来情性改，旧眉不画画新眉。

四

花开花落自年年，总是离愁别恨天。
每把归期窗下问，不知卜坏几多钱。

五

燕影翩翩日影斜，江南春尽乱飞花。
堂前王谢知多少，底事寻巢到妾家。

六

好花摘到一枝归，闻到莺啼燕已飞。
珠佩锦囊从此绝，珊瑚回首素心违。

七

残香剩粉尽收藏，了却繁华梦一场。
苦待他年孤女嫁，为侬开取凄金箱。

八

蓬山弱水路迢迢，怎奈文华不可邀。
离凤彩鸾独自去，爱河从此少波涛。

九

莫把伤心问小青，情场失意最分明。
三千烦恼知何用，付与平川一剪轻。

十

弹门深锁断行人，花影差池月影清。
少小自怜歌舞惯，哪堪常听木鱼声。

十一

一座孤城万仞山，独峰不见美人还。
翩翩燕影知何处，混入残阳破壁间。

十二

可怜黄口女儿乖，日暮门前盼母回。
倘使香魂犹未渺，自应重望□乡台。

十三

寄君最后一封书，不话伤心只托孤。
垂死善言需记取，从兹弱水已无鱼。

十四

潘岳何须赋悼亡，人间哪有返魂香。
从来世事多如戏，演出团圆便散场。

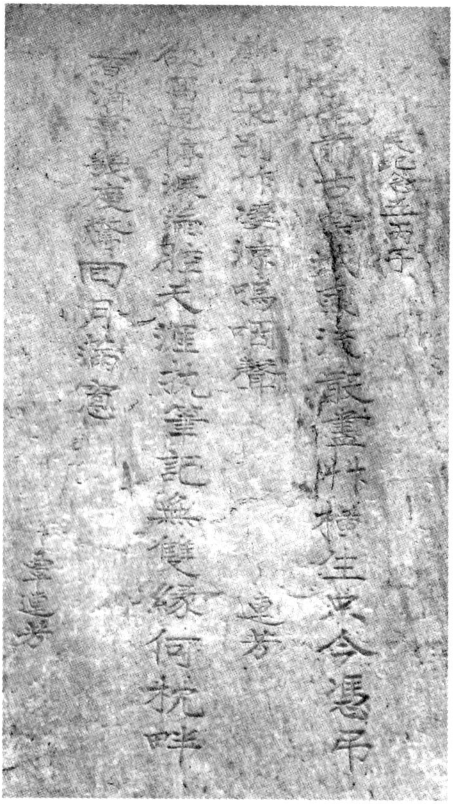

李氏遗诗（蓝宪民摄）

谭延闿(联一副)

谭延闿(1880—1930),湖南茶陵人。清末进士,历任湖南都督、南京国民政府主席、行政院院长等职。

独秀峰仰止亭[①]联

小筑正宜邀月到;

古人不见仰山高。

注:①仰止亭,在独秀峰东麓,为纪念孙中山先生北伐时驻节桂林独秀峰下而建。

徐悲鸿(诗二首)

徐悲鸿(1895—1953),江苏宜兴人。著名画家和美术教育家。曾留学法国。回国后历任南京中央大学、上海南国艺术学院、北平大学等校教授。1935 年冬至 1943 年初,曾先后六次到广西。新中国成立后任中央美术学院院长、中国美协主席。

登独秀峰

山水清奇民气张,雄都据险郁苍苍。
洞天卅六神州上,应惜区区自卫疆。

题马万里所作《独秀山图》①

江山草木俱玲珑,锦帐银屏四望中。
便是工师覃设计②,工师也应号神工。

注:①马万里(1904—1979),原名允甫,又名瑞图,字万里,号曼庐,江苏常州人,著名画家、篆刻家和教育家。毕业于南京美专,曾任上海美专和上海中华大学教授、广西文史馆副馆长等职。②覃:深沉,在此作"精心"解。此诗作于 1938 年。

邹　鲁（诗一首）

邹鲁（1885—1954），字海滨，广东大埔人。早年留学日本并参加同盟会，曾任广东省财政厅长、国民党中执委常委委员、中山大学校长，新中国成立前移居香港。著有《中国国民党史稿》。

游独秀峰（1938 年夏）

独秀峰头立，
群山一望中。
崚嶒皆拔地，
环拱似朝宗。
特立宁孤德，
岿然自众崇。
天南柱石在，
突兀撑青穹。

廖中翼（诗二首）

廖中翼（1879—1963），名延素，号邃庵，广西桂林人。清末拔贡。日本政法大学毕业。早年参加同盟会，回国后历任广西省立二师校长、广西大学主任秘书兼教授、广西通志馆编审等职。著有《邃庵诗草》、《桂林山水名胜题咏》等。

独秀山

一

一柱峙南天，群峰列眼前。
岚光辉八表，景色丽中坚。
拔地撑苍玉，开岩得古钱。
晚晴霞映满，万户起炊烟。

二

万壑远朝宗，端居仰秀峰。
月池涵半面，翠黛绕千重。
人慕书岩迹，客留雪洞踪。
沧桑经几变，终不改山容。

邓孟硕（诗一首）

邓孟硕（1883—1966），名家彦，广西桂林人。曾留学日、美。早年与柳亚子等人组织南社，并参加同盟会。武昌起义后任临时参议会议员，在上海主办过《中华民报》，历任国民党“中央监察委员”、国民政府委员。

独秀峰晚眺（1939年春）

明珠无缺玉无瑕，
一样繁桃一样花。
春水长杨新系马，
夕阳平楚乱归鸦。
习池不绝留连客，
华盖犹怜转徙家。
独立东风怅无语，
故乡山色锁烟霞。

◈李任仁（题孙中山纪念碑）

李任仁（1887—1968），字重毅，广西桂林人。历任广西省临时参议会议长、广西壮族自治区副主席等职。1925年题：

中山不死，主义常新。

纪念碑立在独秀峰之东，月牙池边。

中山纪念塔（蓝宪民摄）

朱荫龙（诗三十首）

朱荫龙（1912—1960），字琴可，广西桂林人。著名学者、诗人。毕业于北平国民大学，历任中学教师、广西省政府谘议、广西通志馆编审、广西大学和山西大学教授。著有《朱荫龙诗文选》、《且止吟》、《甘寂寞室诗钞》、《甘寂寞室零扎》等。

续独秀峰题壁三十首和原韵

作于1945年冬—1946年春

一

岭外曾闻别有天，宜居老杜想当然[①]。
重城迢递来山雨[②]，一柱苍茫起燧烟[③]。
庐舍已虚还怅望，朝廷虽小好盘旋。
嚣佗霸业今安在，蒿目南天泪暗捐。

注：①桂林岩壑之胜，夙著西南。卢沟桥事变以来，颇为避寇者所乐居。少陵诗云："五岭皆炎热，宜人独桂林。"不亦为今日发也。②桂林有内外二城，外城建于元初，内城俗名"王城"，明靖江王故邸。③独秀峰翘翘千仞，孤峭逼人，为桂林诸山之主峰，崖壁有擘窠大字"南天一柱"。

二

从来晚节励黄花，一派湘漓证有涯。
翘首南征鄂渚远[1]，扬眉西笑蜀云遮[2]。
徒存三策思培桂[3]，何事十年未代瓜[4]。
乐府旧传三绝在，谁怜小妇惯当家[5]。

注：①李宗仁时镇鄂北，桂人多有望其回师南指者。②白崇禧时官蜀中。③广西有三自（自治、自卫、自给）政策。④黄旭初主桂适十年。⑤桂林紧急疏散时，黄旭初已预迁其容县原籍。

三

匹马驱除满地红，汪洋千顷称虚衷[1]。
先声北伐惊无敌，左计西迁耻避戎[2]。
河口虫沙俱化梦[3]，榭头甲第枉铭功[4]。
八千子弟垂垂尽，回首家乡恨未穷。

注：①民国十一(1922)、十二年(1923)广西大乱，盗贼蜂起，各立徽帜不相下，谓之“满地红”。李宗仁崛起其间，恢恢有容，卒平全桂。②民国二十一年(1932)“一·二八”之役，国民党中央迁西安，李宗仁通电反对，主战甚力。③

时李宗仁任第五战区司令长官。驻湖北老河口，屏障荆襄。④李宗仁为临桂县两江乡㮾头村人。其故居门联云：“河山永固，天地长春。”“㮾”，《说文》所无，殆六朝伪体，《集韵》音虚检切，俗读若“浪”。

四

西南廿载厌闻兵，白起犹传善战名[①]。
小智偏工萁豆逼[②]，大言徒使鬼神惊[③]。
无谋制敌空焦土[④]，有意全师却退营。
逃帅不诛逃卒死，从来功罪欠分明[⑤]。

注：①白崇禧有善战名。②“清党”之役，白（崇禧）首发难于沪上。新四军事件，白亦主谋，此皆彰彰在人耳目者，至二十年间之反复哄斗，一稽往迹，罪浮于诛矣。③白崇禧谕守城将士云：“有白某必有桂林，桂林如沦敌，白某绝不幸生。”④白崇禧夙主“焦土抗战”。⑤白崇禧屡为国人言，必死守桂林。桂人亦信其与城共存亡，讵敌至大圩，离城尚三十里，道路轰传守军遁矣。

五

当年邕管阻滇师，内战声容黑豆知[①]。
岂竟爪牙堪使任，分明梁栋失支持。

三军天外颁勋卷[②]，十日城头失将旗[③]。
闻道鼓鼙多涕泪，中原如此况边陲[④]。

注：①滇龙云攻桂，韦云松守南宁。凡阅月，粮尽，以黑豆充饥，然卒不下，故有“黑豆将军”之称。②韦云松拜留守桂林之命，蜀中即以飞机载运“陆海空一等勋章”畀之，所以笼络宠任之者甚至。③敌寇于十月二十八日合围，由桂东渡江进攻，十一月八日即占领全城。④时中原已沦敌，平汉路且畅通矣。

六

舞榭歌坛尽武官，干城气象自桓桓。
诛求已使樵苏绝，谕告还期阛阓安。
但令橐囊夸饱满，谁怜士卒尚饥寒。
万家毁尽一宵遁，战史他年叹止观[①]。

注：①守城军队为三十九军、四十二军及一八八师，士卒饥羸，无复人形，军中虽有支发实物、副食品之名，然层层剥削，列兵多不得一饱，故劫掠公行，军纪荡然。

七

捷音虚自报朝朝，坐待功成敌忾消[①]。

每望海鹰临晓日，总期胡马遁中宵[②]。
寿筵八座增光彩[③]，德颂千篇未寂寥[④]。
恨杀黄沙天险在，不留一堑护南朝[⑤]。

注：①中央统制新闻检查森严，战讯悉由军事委员会制发，匿弱讳败，举国酣熙，时有坐待胜利之称。②美国第十四航空队在桂，助战甚力，湘事急时，每日由二塘机场起飞，翱翔市空，万民欢仰，咸以寇祸不足虑。③白崇禧母寿日，铺张扬厉，全市若狂，为抗战以来南中第一盛事。④军委会桂林办公厅主任李济深调军事参议院，去思在人，祖筵不断，《力报》特辟专栏，刊布投稿篇什，亘日不休，集谀颂之大成。⑤黄沙河为湘桂二省分界处，在全州，峭壁惊湍，险阻莫比，敌自衡、永南犯，时论咸信我必婴此固守，讵不二日即沦敌。桂事至此乃不可问。守将九十三军军长陈牧农事后被杀。

八

谋国真成儿戏同，因人碌碌笑诸公。
势崩似土由来渐[①]，令出如山鲜有终[②]。
临阵未知前敌却，移营哪顾后防空[③]。
时间换得空间去[④]，遗恨三强比翼隆[⑤]。

注:①时贪污盈国,赃贿公行,正论不伸,党锢时起,视抗战初期殆如隔世。②中央政令罕有推行尽善者,如限价、惩贪之属,皆大失民望。③国军进止咸秉命中枢,虽军师长不得自专。军令固统一矣,然风云倏忽,成败呼吸之际,其弊有不可胜言者,诸地之失,实坐此弊。④当局时以空间争取时间慰国人,谓欧战终冬可告结束。斯时英美联师东指,国家反攻,陆海合击,敌寇必败,一城一地之失绝不足惜。⑤时我国与美英苏三国号称"四强"。

九

从来朔雪限严关[①],军令不闻一纸颁[②]。
八月悲风嘶代马[③],千年祸水导溪蛮。
浅尝竟道知兵易,深入何尝诱敌难[④]。
不是阋墙余勇在,铁钢徽号应全删[⑤]。

注:①严关在桂北兴安县境,居高临下,形胜天然,兵家必争之地。《桂海虞衡志》云:"灵川、兴安之间,两山蹲踞,中容一马,谓之严关。"②桂北一带守备废弛,非一日也。③敌于中秋前后陷兴安。④全州不守自殁。有"诱敌深入,聚歼于桂林城下"之壮语。⑤张发奎部号"铁军",桂军号"钢军"。

十

群山万壑自回环,气象森严龙虎关[①]。

自遣疲师临绝地，谁知轻骑度丛山[2]。
营房散漫失呼应，赴救仓皇徒往还[3]。
五百年来覆辙在，宋明遗恨待谁删？

注：①龙虎关在恭城，由湘入桂之孔道，桂林外围，斯为险要。②敌寇据零陵，迳遣轻骑自永州略恭城，守关者甘丽初统率之军校入伍生，不击自溃，坚垒自毁，论者惜之。③桂林两遭侵袭，皆由东北要隘防守失机所致。

十一

将骄卒悍气先寒，罗汉菩萨一例观[1]。
誓守盟言天作证，犒迎旗帜锦成团[2]。
弃师偏道一隅小，筹国从知全局难[3]。
恢复中原须早计，只今退步即偏安[4]。

注：①桂林守将、军长黎行恕，阴柔寡断，昧于军旅；师长罗活，骄纵贪墨，为害闾阎。民间有“黎菩萨”、“活罗汉”之称。②守将自军、师长以次，无不指天誓曰，与城共命，桂人壮之，组“桂林各界慰劳守城将士大会”，献旗于体育场。③“以一隅视全局，桂林甚小；以合局视一隅，桂林甚大。”南明桂林留守瞿文忠（式耜）语也。④南明阁部督师史可法谏昭宗云：“恢复退步，即成偏安。”

十二

迷茫烽火动连宵，望断声援出蜀朝[①]。
一意西陲防自固[②]，哪知南国土先焦[③]。
衡湘千里绝秋雁，岭海百城急夜刁[④]。
何事京尘吹不断，酣熙犹自颂唐姚[⑤]。

注：①桂边告警，中外舆论皆大声疾呼，不能再持“以空间换时间”之谬见，放弃桂林。军士乞援，人民号救，蜀中声响阒如，漠不以应。②时蒋中正精锐胡宗南部队数十万人尽屯甘陕，坐视西南沦敌，不令赴援。“西防”一词创自南明阮大铖，盖不防满人而防左良玉也。事见《南经绎史本传》。③桂林破坏最彻底，皆白崇禧之极端个人主义，力谋贯彻其所谓“焦土政策”有以致之。自抗战以来，全国城市自毁之烈，被灭之惨，无逾桂林者。④湘桂溃防，一时梧、容、邕、柳俱陷。⑤蒋中正大言多欲，渝都力倡“一个脑壳”说，以谓正统所归，“只要相信领袖”，无虞他变。

十三

初闻警讯忆榴红，转瞬初宵月映空[①]。
拨乱无才堪将帅，救亡有罪到儿童[②]。
久传攻鄂纾良策[③]，忽报援湘失近功[④]。

桑梓几家轻弃却，军车先已入黔中[5]。

注：①5月27日，湘北战起，6月18日，长沙沦陷；同月26日，桂林下疏散令；8月8日，衡阳陷；9月8日，桂林紧急疏散。13日强迫疏散。②儿童救亡剧团及工作队，悉为当局解散，青年学生凡坚持团结抗战者，每遭特务拘系，下落不明。③时有陈诚、胡宗南合师攻鄂断敌后路之说。④援湘军旅大多失利，王家本且阵亡。⑤桂林尚未布疏散令，当局即令大批军车护送眷属细软道黔入蜀，自东镇路至南门，每日往还不绝，绵亘数里，路人侧目。

十四

伤心难挽鲁阳戈，不见征魂梦太和。
危幕安栖惊燕雀，闲庭争食看鸡鹅。
外援飞渡谈何易[1]，内患潜滋议苦多[2]。
何事漓江花月夜，声声犹是后庭歌[3]。

注：①时传美国空运部队数师团来援，又传美机载大炮数百门，布防城港诸山者，尽属不验。②国共分裂之象愈弥愈软。③时要多逭暑河舫，笙歌彻旦。

十五

一夜严程急羽书，临危合遣市民疏[1]。

抄掠先自空千室[2]，赃贿何妨载一车[3]。
荆棘漫天难举足，江湖满地渺愁予。
海桑不尽悠悠感，回首新亭泪暗嘘。

注：①8月8日衡阳陷，桂林酣熙犹昔。越一个月至9月8日下紧急疏散令，13日强迫疏散，官令限二日内空城以待。②13日起，守军即公然劫掠，初犹只就僻街小巷行之，14日后，全城荡然矣。③车运由警备司令管制，名曰“军用”，实则运载者悉所获公私货物。

十六

屈躬不惜叩朱门，急难初知长老尊[1]。
故将声威敌自詟，柳侯豪气虏先吞。
小民偏解同舟济，巨宦争谋尽室奔。
雨露何曾沾士卒，青蚨飞去已无痕。

注：①事急时，文化界倡导输金救国，李济深、柳亚子等亲出劝募，时称“长老团”，富商巨宦出资寥寥，时论愤然。有主张长老团登门跪募者，事未果行。

十七

逃难安排早有乡，何须辛苦作心防[1]。

只今显学夸经济[2]，自昔亲兄号孔方。
计吏虎狼看面目，税员豺狗具肝肠。
可怜困尽公私日，却喜偏肥若辈囊[3]。

注：①戏剧界由田汉、熊佛西、欧阳予倩领导，抗敌宣传最致力。《心防》，夏衍所著剧名。②各大学经济系皆有人满之患。③各项税捐密如梳篦，官吏因缘作弊，赃贿公行，其虫蚀之力，聚敛之巧，有非昔官场“贪污”二字所能形容于万一者。

十八

湖山处处起楼台[1]，弹指音尘兀可哀。
营运有心玩国法，催科到手即私财[2]。
室家已毁何堪命，纲纪全隳孰与裁[3]。
廉吏声名贞妓节[4]，而今笑口已难开。

注：①桂林名胜佳地，悉为地方官吏据地筑宅。②国民政府明令，公务人员不得经商，然巨官大吏率暗营商业，操纵市场。③桂林疏散时，税饷催缴甚力，然解囊者甚罕。④妓无不淫，吏无不贪，贞廉之称，自昔有然，如今未睹。

十九

度支尽属孔家奴[①]，厚禄鲜衣待遇殊[②]。
囤运筹谋操缓急，公私账目半模糊。
贪泉今日谁能绝，利薮由来众竞趋。
知耻岂关若辈事，旧名也自畏人呼[③]。

注：①孔祥熙掌财政部，权势熏天，任人惟私，凡银行、税收机关，皆其爪牙台隶。②时从公者皆困于饥寒，惟财界人员骄纵奢靡，桂林风习尤劣。③时尚投身税吏，即改名易字，预为逃身脱罪也。

二十

斜封箱笼字标红，公物赃私一例同[①]。
负蝨藏舟夸大力，出门合辙竞财雄[②]。
亲朋都识官衙贵，仆妾齐搬库藏空。
瓣瓣心香祈寇至，一行不费报销功[③]。

注：①疏散期间，各机关迁运物资，大抵私先于公，公少于私。②各机关争抢交通工具，权大者征封，金多者租购，前者如军政界，后者如银行界，皆遭世诟。③凡非公务员，眷属即无舟车之便，故寅缘干请，通贿输金，以求一官眷之

名者，虽贤者有所不免。

二十一

郁郁厅前八桂香[1]，人才稷下论恢张。
策标三寓翻新样[2]，法可单行失旧章[3]。
本已欲枯还养蠹，牢犹未补又亡羊。
可怜一曲南风歇，若个欣欣向太阳。

注：①桂林有广西建设研究会，当局设以待游士者。广西临时参议会议长李任仁主之，址在旧布政使署，园中八桂厅其议事所也。昔明永历间，昭宗南狩，多士南来，时以桂林方之稷下。今时之盛，不减当年，惜人物流品，未知较诸三百年前为如何也。②“三寓”政策即：寓将于学，寓兵于团，寓募于征。③单行法令密如罗网，初入境者动辄得咎。

二十二

小民奔走汗如珠，统制交通利转输[1]。
豕突狼奔空一国，鸡升犬举指千夫[2]。
车期误点还差刻[3]，船价商锱又较铢[4]。
一出更无家可别，劳劳从此委泥途。

注：①舟车归警备司令部统制，人民启用须先期登记，按序分配，常有坐候月余而不得者。黠吏乘机需索，视贿之寡多定先后，群情沸腾，怨声载道，当局充耳不闻。②小民无利济之具，颠沛在途，而权要则飙驰电掣，联翩而去。③火车开行无定期，南北二站，行李山积。万人如蚁，有露宿守候十余日者。攀轴卧轨，羸死弱啼，极人生未有之惨，然敌尚在千里之外也。④江上交通由船舶统制机构统筹支配，法令如麻，猾吏因缘作弊，明征暗索，非偿其欲不止，望江而叹者千万人。

二十三

苍天父母莫轻呼，法网恢恢哪受拘。
心似马昭人尽见，名偷诸葛世难诬。
西方望断无回雁，南海心惊有弃珠。
记得军容全盛日，投鞭莫漫笑秦符[①]。

注：①道路所属如此，万民矢口，宁与偕亡，怨毒之中人也深矣。

二十四

投荒万里遁南天，铁骨钢心历炼坚[①]。
瀛海归来余一死，旌旗望断又三年。

徒闻挥手招黄鹄，几见低头拜杜鹃[2]。
文化城中王气尽[3]，蜀官休更损宵眠。

注：①1941年12月8日港变后，硕年长德，多集桂林。梁漱溟、柳亚子、何香凝等，哀时忧国，情见乎辞。②蜀中选派大员慰问文化界，刘百闵、陈立夫、朱家骅等先后至桂。③桂林时有“文化城”之称。

二十五

仰空日夜盼花旗[1]，童稚皆能识美机。
助我声威传大捷，由人祸福又空围[2]。
翻腾南海鲸难系，软弱东风鸟倦飞。
纵有娇娃供慰藉，声声犹是不如归。

注：①美国国旗，俗谓“花旗”。②衡阳事急，美机助战，即传“大捷”，然终不能遏日寇前侵也。

二十六

防川自古富奇谋[1]，争奈滔滔总不休。
论宪先求钳士口，除贪几见借人头。

纷纷似豆燃萁煮，扰扰如鱼入釜游。
缇骑满街文网密[2]。恐除纳粹未能俦。

注：①《国语·周语上》："防民之口，甚于防川，川壅而溃，伤人必多，民亦如之"。②缇骑：秦设中尉，掌京师治安。以服橘红色，乘马，故称缇骑。

二十七

茫茫谁与济时艰，误尽苍生是苟安。
偏解兴亡江上妓[1]，绝无廉耻地方官。
升平粉饰乐无极，胜利虚传局近残。
颂德颂功缘底事，诗人枉自呕心肝。

注：①桂林艇妓，输款慰军。

二十八

海桑几度古南州，依旧名城据上流。
马氏弓刀足万古[1]，瞿家钗珥亦千秋[2]。
长留奇节佳人口，哪见降幡出石头[3]。
青史分明难回首，诸公何事尚优游。

注:①宋末马塈守桂拒元兵,与城共亡。②南明瞿式耜据桂抗清,夫人损资助战,城陷同殉。③桂林内外城垣,皆以大石筑成,规划仿佛金陵。

二十九

题门处处感皇恩[①],季世谁知汉节尊。
迎敌四乡羞父老,复仇九世告儿孙。
雄心欲挽狂澜倒,漫眼徒惊胡骑奔。
寄语西陲诸将帅,补亡还待固篱藩。

注:①寇军陷桂,豪猾竟悬欢迎皇军小旗于门。

三十

人境何曾好结庐,弥天风雨渺愁余。
草间已自难偷活,海外曾闻不易居。
话到东邻深敌忾,诗成下里莫欷歔。
甲申旧恨从头数,莫问南都更北都。

章士钊（诗词二首）

章士钊（1882—1973），字行严。号孤桐，湖南长沙人。著名民主革命家、教育家、学者。历任《苏报》主笔、北京大学校长、北洋政府司法总长兼教育总长、国民政府参议会参议员、中华人民共和国政协常委、中央文史研究馆长等职。著有《柳文指要》《章士钊全集》等。

寄独秀峰（1941 年）

西风吹彻古渝州，遥望幽楼动客愁。
长物有时令盗惜，不才何用遣官忧。
河山懒与人期老，蜀洛看同水并流。
偶忆何郎归骨句[①]，未知曾过几春秋。

注：①：何郎指何枚士。

念奴娇·独秀峰怀古（1941 年）

靖江王府，三百年不靖容，为何物。更溯从前都说甚，太守风流欲绝。半壁江山，寄奴经济，气节胡从说。读书堂下，试问谁是人杰？

步到独秀峰前，低徊身世，想起怀宁客。自异求同冰炭性，人已一时应灭。今日迟来，坐观池水，干我无毫发。此岩千古，不须要记年月。

廖竞天(诗一首)

廖竞天(1895—1983),字明哉,广西全州人。建国前曾任广西银行桂林分行行长、广西银行总经理、广西省参议会议员等职。建国后任广西省政府参事、广西大学教授等职。

桂林守军焚城(1945年)

南天一柱桂林城,
抗战八年体态更。
一炬可怜焦土化,
敌人尚作不平鸣。

钱仲联(诗一首)

钱仲联(1908—2003),江苏常熟人,著名文史专家和诗人。历任上海大学、无锡国专、江苏师院、苏州大学等校教授、博士生导师。晚年兼任国务院古籍整理出版规划小组顾问、中华诗词学会顾问等。著有《梦苕庵诗词》等三十多种。

独秀峰(1938 年)

桂山千叶莲,包城作外郛。
一峰胎莲心,万古翠不枯。
石孔通莲窍,云根承莲趺。
立铁三千尺,秀插天南隅。
浓黛出古色,威仪振瑶都。
帝应怜蛮山,乱头而服粗。
为割江上奇,大力负之趋。
惜无秋水濯,未免输小姑。
我来煞风景,老兵戒戈殳。
扪壁不得登,怅望空蓬壶。
归来嚼山翠,枕上仙灵呼。

◈吕集义（辑《秀峰饯别集》诗四十四首）

吕集义（1909—1979），字方子，广西陆川人。毕业于上海公学，抗日战争期间在无锡国专（桂林）任教。新中国成立后曾任民革中央委员，全国政协委员、广西区政协常委兼秘书长，广西交通厅副厅长，广西通志馆馆长。著有《敌忾集》、《广西诗征丙编》。抗日战争期间即上世纪30—40年代前期，桂林曾是饮誉中外的抗战文化城。当时许多国土被日寇占领，数以千计的进步人士汇集桂林，继续从事抗战文化活动。1943年蒋介石下令调在桂林的上将李济深赴重庆任军事参议院院长（后未赴任）。次年1月11日，桂林文化人士40多人汇聚独秀峰下，为李济深举行饯别诗会。与会者共吟诗50首，选录44首。

吕集义（广西陆川人）

从公吾最晚，知公吾若素。
蔼蔼仁人心，休休元戎度。
位高气愈降，德尊容益嫭。
吉人寡言词，达者泯喜怒。
叔度千顷陂，元凯万有库。
诗书供挥洒，圣哲通寐寤。
设施本诚敬，冰渊凛危惧。

待人惟恐啬，处已常嫌裕。
卅年门交戟，一室衣仍布。
寒士复夏屋，严冬回春煦。
公瑾醪皆饫，周旦哺犹吐。
惟公民父母，惟民公婴孺。
驾车忽言迈，攀辕不得住。
别恨割愁肠，多时寡欢趣。
行见岫边云，出作天下澍。
在远肯我遗，信公吾亦固。

张　虹（广东顺德人）

始见临桂山，排兀当通衢。
峥嵘并奇秀，堆翠映环湖。
山水与朋友，吾怀可不孤。
暂且忘倦岁，讬笔在旅途。
赖公得称许，窃笑充滥竽。
我尝谒公座，耆老共游娱。
我尝窥公园，掘薯新持锄。
我尝陪公食，精粗忘味殊。
我尝从公游，长少随之俱。

车笠相款接，路人敬愉愉。
今也送公行，无言感贱躯。
唯有独踟蹰，忽郁心内怡。

封祝祁（广西容县人）

征轺声急四牡骓，古来惜别常依依。
只今万里犹咫尺，歌骊岂必沾人衣。
况公缔造历艰阻，驱驰为悯苍生饥。
西平拨乱绍武烈，功高不伐世所稀。
三年秉钺镇南服，雍容裘带生光辉。
嘉猷入告弼元首，詟翦蛟鳄彰天威。
此行实为邦国庆，濡笔应向燕然挥。
我惭衰疾识公晚，揖容偶款东阁扉。
承平雅颂吾有职，宁效世俗嗟睽违。
寒梅作花花已绯，溶溶山月澄清晖。
举杯与公申后约，他时马首迎公归。

任传藻（江西丰城人）

海内尊元老，堂堂廊庙姿。
光风扬士气，甘澍系人思。

入赞升平策，争传竞病诗。
西南文谳数，何可遽睽离。

龙　潜（广西临桂人）

五岭钟灵气，鸳江诞谪仙。
勋名高北斗，威德重南天。
把酒歌三叠，临歧诗百篇。
艺林同仰止，松寿祝千年。

覃异之（广西宜山人）

海内尊元老，从游忆昔年。
爱才培后学，缓带镇南天。
忽报当迁讯，频开惜别筵。
去思萦岭表，伫看月高悬。

林文春（福建人）

上将勋名重，元戎礼数宽。
三棋依幕府，八桂振骚坛。
折节谁能及，翘材不谓难。
公门桃李盛，留作再来看。

梁岵庐（广西贵县人）

威灵铄皇汉，维公镇南疆。
雅歌致安堵，嘉命欣载阳。
遄征逾桂岭，东顾倾扶桑。
中朝伫帷幄，何翅张子房。

易幼涟

（一）

公去留无计，乾坤遍眼尘。
有威威可畏，不语语还亲。
橐笔江湖远，伤时草木春。
舟行风正急，未敢苦吟呻。

（二）

轻裘缓带聚群才，我得追陪亦快哉。
一视同仁人与物，万民争祷去还来。
中天皓皓悬明月，古柏森森护绿苔。
会看漓江江水涨，船橹直下洞庭开。

李维源（广东梅县人）

频年执戟滞山城，忽听星轺赋远征。
北海尊罍纷祖饯，南天鼓角起边声。
江关庾信萧萧发，幕府严公款款情。
话到临歧转惆怅，杨花如雪扑帘旌。

陈树勋（广西岑溪人）

（一）

数载漓江驻节麾，雍容坐镇不矜奇。
惜阴独运陶公甓，决胜谁陪谢傅棋。
静里谈兵还读易，公余品画亦吟诗。
蜀山万点迎人去，又是将军跃马时。

（二）

南国甘棠系去思，军民怕听说行期。
满城饯别酣杯酒，万户讴歌有口碑。
勋业名堪韩范并，慈悲心与佛僧知。
移风易俗怀前哲，更向榕门谒墓祠。

（三）

欲凭庠序守遗规，鹿洞鹅湖事可追。
重道肯教随世变，树人不独起文衮。
国无良吏难图治，乡有先贤易得师。
广厦未成宏愿在，台星还望照清漓。

（四）

栖梧久仰凤凰枝，此日榕城又别离。
公去调梅应有味，我来折柳可无词。
子房辅汉运筹妙，山甫归周补衮宜。
浩浩乾坤犹待整，快襄国策扫倭夷。

李任仁（广西临桂人）

聚散人生何有定，志同海角气相通。
筹边三载民无怨，革命卅年国有功。
松柏岁寒方见茂，干戈眼底未曾空。
于今世道难回首，冠冕南州独仰公。

杨天骥（江苏吴江人）

复看南极耿中台，家国安危系去来。

谢傅旌旗宽礼数，羊公裘带见风裁。
韬钤已付三边帅，吐握还怜一技才。
多少西南寒畯泪，只应吟望白云堆。

王冷斋（福建闽侯人）

戎马归来道益昌，临淮勋业总堂堂。
人怀赵氏三冬日，车过笋君十里香。
不忍孤寒思广厦，还耽文字擅名场。
攀辕莫挽星轺发，减尽山容与水光。

刘侯武（广东潮阳人）

（一）

岩疆管钥壮风云，新命传宣物望殷。
箸借留侯抒伟略，师谋却壳重元勋。
操持魁柄参枢运，契洽明良识冠军。
岂但西南资砥柱，直凭赤手扫妖氛。

（二）

星轺北指气如虹，剑戟萧森映碧空。
韩范旌旗欣再见，夔龙事业望方隆。

甸宣区夏金汤固，决荡虾夷指掌中。
早晚收京齐奏凯，更赓余韵纪丰功。

陈懋功（广西临桂人）

绵绵先泽溯横山，愧我蹉跎鬓已斑。
不意榕门延坠绪，却从桂海识温颜。
韬钤运掌三边靖，杨柳牵衣万众攀。
他日归来开画锦，菁莪应喜遍乡关。

涂　培（广西桂林人）

省识将军礼数宽，经营八表重儒冠。
忍教东北愁沦陷，且驻西南策治安。
钢铁元戎居后辈，燕云父老望征鞍。
威加海外归来日，留住漓江理钓竿。

杨赫坤（江西罗溪人）

蜀北蜀南天外风，雪泥来去一飞鸿。
相攀乡国征鞯下，入写江山筹笔中。
横槊早知吟兴健，投壶今见酒樽同。
熙台春到消兵象，射日犹烦挽羿弓。

龚寿昌（广西临桂人）

苍梧佳气毓奇英，开府南天仰令名。
书法纵横追北海，勋猷彪炳媲西平。
榕门兴学流风远，沣水谈经妙绪生。
三载棠阴桑梓遍，中枢翊赞待收京。

冯　振（广西北流人）

谁云蜀道上天难，天际飞行任往还。
此去况关邦国计，吾徒敢作别离看。
久闻南土怀羊祜，又报东山起谢安。
信是雍容能镇物，并包众议有余宽。

麦朝枢（广东台山人）

韩范军中贼早知，数惊劫急挽濒危。
羊公阁上轻裘日，谢傅棋边折屐时。
廿载望尘牛马走，三巴欲雾传车驰。
淮南旧事犹堪忆，桂树桐花两系思。

区文雄（广西龙津人）

南州坐镇敌心寒，诗酒延宾礼数宽。
名将旧尝培岭表，壮猷今更赞长安。
疾纾华夏阳先复，春满巴渝道不难。
独惜故邦文物减，儒风孰与领词坛。

陈此生（广西贵县人）

举目山河在岁寒，青青松柏叹奇观。
扶危不计瀚洲苦，避乱曾闻蜀道难。
天意岂真磨善类，人工原可挽狂澜。
敦诗悦礼非凡帅，忍令年年伴钓竿。

曹异之（安徽绩溪人）

中兴事业仗经纶，河内三年借寇恂。
虎豹韬钤贻部曲，云霄毛羽净埃尘。
大名宇宙收铜鼓，小队郊垧忆葛巾。
南极一星朝北斗，苍生争望转洪钧。

周　诰

衮带从容八桂钦，又移垌戟向渝临。

威驰西夏闻寒胆，望养东山起作霖。
前席好陈南顾策，婪杯犹盼再来音。
艰难国步推先导，定慰悠悠行路心。

王　枏（江苏金陵人）

爽飒英姿褒鄂才，光明磊落绝氛埃。
五洲况值风声紧，百粤犹同霁色开。
砥柱中流涵大度，文章余绪出新裁。
望尘不尽依依意，四坐无言为举杯。

周　鼎（广西临桂人）

三年开府桂林城，射虎家声擅令名。
旁午军书犹治学，上丁祀事感通诚。
榕门坠绪双肩任，莲炬余光万户明。
亲政首都看此去，讴歌载道若为情。

谢振民

（一）

北平飞将旧家声，曾作南天一柱擎。
百战不矜冯异树，万家遗爱慰陀城。

收京正待舒长策，谋国还应仗老成。
料得巴江新柳色，早垂青眼迓行旌。

（二）

大度雍容儒将风，余闲翰墨亦豪雄。
书从魏代传神髓，诗有唐音夺化工。
裘带我钦羊叔子，勋名人重狄梁公。
骊歌唱罢情何限，四海苍生属望同。

龙泽厚（广西临桂县人）

公之来兮抚疮痍，公之去兮系人思。
尚论惠人有众母，公果行矣孰嗣之。

柳亚子（江苏吴江人）

（一）

南疆砥柱镇三年，爱士争传嗜好偏。
此去应关天下重，漫将愁绪付离筵。

（二）

明侪传誉早心倾，投止能深地主情。

拟赠阴符悭袖底，书生惭愧是浮名。

任中敏（江苏扬州人）

莫笑艰难死未休，与谁携手立中流。

为联不匮师门谊，共此心香一瓣幽。

黄　涛（湖南长沙人）

（一）

春申浦上驻行旌，十五年前拜谒情。

今日珂乡重讬荫，正如霖雨慰苍生。

（二）

桂林开府旧分符，保障西南德不孤。

为请元戎参大政，却劳车骑返陪都。

苏康甲（广西宁明人）

满天风雪嘉陵路，正棨戟，冲寒去。叠嶂连云征雁度。烟横东陌，月生南浦，把酒销魂处。

阳关唱彻愁无数，腊鼓严城岁云暮。揽辔中原擎砥柱，屠龙事业，镂金词赋，伫盼传佳句。(调寄青玉案)

李济深(广西苍梧人)

将有重庆之行留别桂林诗盟

文书遮眼感劳薪，三宿空桑迹已陈。
鸿爪回看留雪印，马蹄又去踏京尘。
小山桂树将归客，流水桃花几度春。
尊酒旗亭珍重意，因风还望寄书频。

陈树勋(浙江绍兴人)

奉和任公院长留别原韵

救国精诚记胆薪，此行方略可详陈。
深深别意留诗句，赫赫新猷洗虏尘。
云出定符霖雨望，澜回重见海天春。
山居听得佳消息，不厌歌衢击壤频。

封祝祁(广西容县人)

察微宁许味舆薪，得失千秋忍重陈。

光弼心胆惟有国，长源风骨本无尘。
泉声缭枕巴山雨，花气飘檐桂海春。
整顿乾坤仗筹策，捷书送喜莫辞频。

冯　振（诗二首）

冯振（1897—1983），字振心，号自然室主人。广西北流县人。新中国成立前曾长期担任无锡国学专修学校教务长兼代理校长，并兼任江苏教育学院、正风文学院、上海暨南大学、大厦大学、交通大学和无锡江南大学教授。新中国成立后先后任广西大学、广西师范学院（广西师范大学前身）中文系教授和系主任。

（一）独秀峰（1920年）

久闻独秀名，今登独秀首。
螺磴盘虚空，烟云起跟肘。
卓立天宇中，环顾谁与偶。
大江罗其左，群山屏其右。
斗鸡峙其前，桂台障其后。
伏波与象鼻，进退供趋走。
纷如天汉星，一一拱辰斗。
不以雄秀矜，遂能朝万有。
下顾望城郭，参差若畎亩。
台榭互高低，陂池间冈阜。
对景一开襟，临风荡尘垢。

(二)广西师范学院成立十周年

(1963 年)

严冬无雪意愔愔，不愧宜人数桂林。
一柱擎天标独秀，十年树木长青阴。
指挥培育凭方略，术业工夫验浅深。
更待春来花怒放，如云桃李竞鸣禽。

(碑刻于登独秀峰路口。)

◈李焰生（诗一首）

李焰生（1897—1975），字桂影，广西防城人，抗战时期任广西省政府谘议。著有《呼气草》等。

独秀峰（1940 年）

独立乾坤匪所思，
南天一柱撑何时。
一峰挺秀群峰拱，
顾盼江城有异姿。

◈周　鼐(诗一首)

周鼐(1897—1976),字叔雨,号香农,晚号椿园老人。广西桂林人。历任桂林中学、省立高中教师、桂林榕门美专、广西省立艺专、国立桂林师范学院教授等。文史学家、教育家、诗人和书法家,著有《广西胜迹志》、《周鼐书法诗词选》等。

与友登独秀峰(1922 年)

髫龄曾记此牵衣[①],
重访藤萝旧迹非。
绝顶云山供俯仰,
满城冠盖任纷飞。
吹来笳鼓风多事,
话到沧桑泪欲挥。
难得闲身如我辈,
五陵何用效轻肥。

注:①八岁随父登眺。

曾昭忠(诗一首)

曾昭忠(1908—1994),字好生,广西临桂县人。新中国成立前曾任小学教师、会计、中医师;新中国成立后任会计、秘书、中医师。爱好诗词,著有《好生诗集》。

独秀峰(1946年)

秀峰独立柱南天,
今古奇观旷世间。
誉满全球春不老,
桂林人胜活神仙。

马一浮（诗一首）

马一浮（1883－1967），名浮，字一浮，号湛翁，晚号蠲叟，别署蠲残老人，浙江绍兴人。现代国学大师、书法家。曾留学日本，回国后任北京大学教授，以后又在多所大学任教。新中国成立后任浙江文史研究馆馆长、中央文史研究馆副馆长、全国政协委员等职。

题马万里所作《独秀峰图》(1938 年)

百越羁栖懒看山[①]，
剑铓从此露仙鬟[②]。
画师收取秋林色，
不许胡儿透此关。

注：①百越：泛指我国五岭以南的少数民族，又称“百粤”。②剑铓：即剑铓山。

◈叶恭绰(诗一首)

叶恭绰(1880—1968),广东番禺人,字裕甫、玉甫、玉父。曾任北京北洋政府交通总长兼交通银行经理、广东革命政府财政部长、南京国民政府铁道部长、北京图书馆馆长。1950年由香港到北京后,任全国政协常委、北京画院院长、文史馆副馆长、中国文字改革委员会常委。著有《遐庵汇稿》、《历代藏经考略》等,编有《全清词钞》。

独秀烟岚(1932年)

峨峨独秀峙城阛①,
万壑千岩各是班②。
不是画师挥妙手,
谁将真面识庐山③。

注:①峨峨:高峻貌。城阛即市区。②班:在此指班列。此句大意是,万壑千岩朝拱独秀峰,犹如各大臣列班朝见皇帝一样。③此句是将独秀峰比庐山,千姿万态,加之烟岚缭绕,只有通过画师的描绘,才能在画面上认出其真面目。

冯伊湄（词一首）

冯伊湄（1908—1976），女，中山大学毕业，曾游学法国，丈夫系画家，她为其画题诗、词。

临江山·题桂林独秀峰画（1946年）

谁削孤峰成彩笔？秋毫直插重霄[①]。迷离光影雨晴交[②]，云移山翠合，天矮独峰骄。

远树净堆浓淡绿，个中偶着朱标[③]。好花探首出林梢，巧添林壑媚，费煞画师描。

注：①秋毫：秋天，鸟兽身上新长的细毛，比喻极小的事物，《孟子·梁惠王上》："明足以察秋毫之末。"在此指笔尖。重霄：指极高的天空。②迷离：模糊而难以分辨清楚。雨晴交：指雨止初晴之际。③朱标：红色的标志。

当代

◈彭泽陶(诗一首)

彭泽陶(1898—1989),湖南平江人。武昌师大毕业。历任湖南省立一中教师、湖南大学、广西大学、广西师范大学教授。主要著作有《中国文字学及其应用》、《匡谬正俗新论》、《离骚今译校注》、《李商隐难诗易解》等。

登独秀峰(1963年)

鼓兴筇登独秀巅,
软风嫩日绮云天。
春新偷入疏疏柳,
岫远闲招淡淡烟。
偶尔低头看过鸟,
翛然着地作飞仙。
会心争忍私怡悦,
欲向游人遍处传。

◈陈贻焮（诗一首）

陈贻焮（1924—2000），湖南新宁人。曾任北大中文系教授、韵文学会诗学研究会副理事长、中华诗词学会顾问等职。有《梅棣庵诗词集》、《唐诗论丛》、《杜甫评传》、《王维诗选》、《孟浩然诗选》等。

桂林独秀峰（1962 年）

一柱天南秀且奇，
晴岚掩映最相宜。
摩空已是惊天帝，
那用登吟谢眺诗。

蓝少成(诗二首)

蓝少成(1925—2004),笔名蓝山。广西师范大学文学院教授。曾任广西文联委员,作协常委,桂林市文联副主席、市作协主席、桂林诗词学会顾问等职。专著有《中国散文写作史》,散文《冬天的信》,诗集有《望峰斋诗稿》等。

独秀峰

抱翠嵯峨一柱峰,独标桂海自天工;
凌空邀得四时月,拔地迎来八面风。
净碧一池留倩影,葱茏众树饰颜容;
风光本是钟灵秀,莫遣孤芳与众同。

独秀峰下读书岩

颜公胜迹读书岩,滚滚商潮别有天。
入洞似闻声琅琅,扪碑犹见色妍妍。
千年文统留佳话,万贯青蚨害少年。
挽日无戈徒戚戚,拼将心血写吟笺。

◈樊运宽（词六首，联三副）

樊运宽，1936年生，广西马山县人，广西师范大学文学院教授。著有《竹韵泉声集》，主编《闲逸诗草》、《阳光风雨吟》、《咿唔集》等。

御街行·王城

王城盛世添新异，引四海，游春骑。月池岸柳拂沧波，岫顶危栏迢递。华堂金碧，亭台雕柱，贡院存风纪。

王侯过客匆匆去，何事事？无踪迹。人民做主入王城，栽得百花繁丽。栋材万树，蛟腾鸾翥，一派风云气。

念奴娇·独秀峰临眺

峰巅鹤立，顿长物满目，激荡心魄。漓水悠悠游画楫，万座翠峦岚裹。丽日当空，白云出岫，竹柳遮阡陌。山阿林麓，灵岩奇洞珠络。

台榭映衬新桥，高塔兀立，江水连湖泊。曲岸长堤花烂漫，雕塑碑文超卓。竹浪松涛，莺歌燕舞，宾客游情迫。人文造化，浑然佳胜仙国。

水调歌头·王城

突兀屹天柱，碧瓦画檐楼。千年历史名城，壁上御碑镂。颜氏书岩倚麓，北伐中山驻节，贡院聚朋游。文化迭兴地，风范久传流。

藩王第，首府址，物华稠。石城铁炮，亭子池苑古桥留。往昔三元及第，今日雄才辈出，纵马骋神州。为振兴华夏。戮力践嘉猷。

踏莎行·重游王城

独秀峥嵘，月池凝碧，楼头夜读今犹记。频年雨露又春风，夭桃秾李争娇丽。

归燕呢喃，桂酒四溢，满园兰蕙多生气。新栽嘉木正葱茏，寻师花径云林里。

高阳台·王城即景

人世沧桑，江山长在，王城今更风光。盛

世文明，胜境频换新装。“南天一柱”添神韵，茂苑中、蝶绕芸窗。月池旁、碧瓦精舍，雄丽华堂。

登临岫顶凭栏望，喜四湖携手，漓水桃江，婉转波长，群峰倩影彰彰。虹桥十四新飞架，迓嘉宾、仙境徜徉。溢心怀，画意诗情，待赋千章。

注：两江四湖疏浚后，桂林市新架桥梁十四座。

西江月·登独秀峰

信是南天一柱，两间突兀横空。苍穹石级紧连通，欲上宜先贾勇。

陡壁峥嵘云树，亭台掩映巅峰。凭栏生气顿填胸，倾耳更闻笛弄。

对联三幅：

独秀峰登山道门联

层阶连碧宇，

景色醉诗魂。

独秀峰登山道门联

青峰迎晓日，

石级引游踪。

王城贡院门联

满腹经纶升贡院，

惊神笔墨证雄才。

毛毓松（诗词四首，联二副）

毛毓松，1937年生，浙江诸暨人，广西师范大学文学院教授、硕士研究生导师，著有《爱心斋诗文集》等。

王城春兴

春到王城风景殊，庭花池草亦沾濡。
千年文脉仍须继，百载学堂不可无。
常伴诗书碑下颂①，每临岩壑洞前呼②。
衰翁犹作天涯想，老马能奔万里途。

注：①王城独秀峰前有乾隆御题诗碑。②独秀峰南麓有读书岩洞。

登独秀峰

拔地一孤峰，堂堂立正中。
四周无障蔽，八面见葱茏。
浩浩江天阔，巍巍气度宏。
颜公名独秀，千载仰高崇。

题“读书岩”①

峨峨一秀峰，灵气独来钟。
岩洞为书屋，篷庐作帐蓬。
诗吟山水美，情发藻华浓。
惆怅古人远，恨无身可从。

注：①读书岩位于独秀峰南麓，今有“颜公读书岩”五个篆字镌刻于石上。沈约《宋书》称颜延之“好读书，无所不览。文章之美，冠绝当时”。

念奴娇·咏王城

峰峦独秀，熏风暖，十里城墙环列。借问何处，原来是，明代帝王宫阙。宏殿玉阶，紫袍金带，想见何辉烨。正阳门外，犹闻歌管飞越。

文物此地多存，江山多异彩，地灵人杰。历史名城，争赢得，中外嘉宾不绝。古国文明，发扬光大，共创千秋业，人间美景，应超先圣前哲。

对联二副：

月牙池亭联

激励世风归大雅，
喜看民俗乐尧天。

独秀亭联

群峰皆俯首，
一柱独擎天。

◈杨达荣(诗赋五首)

杨达荣,字敬叔,号南窗,别号漓江处士,笔名东方。教授。武汉荆楚书院道家文化研究所第一副所长、广西朱熹思想研究会副会长、桂林市朱子学会副会长、中华诗词学会会员,有诗词专集《重楼集》和《南窗诗草》。

仰止亭前怀中山先生

致力新民奋自强,丈夫事业振遐方。
身交豪杰才车载,口吐风云智斗量。
厚德育人千代咏,精心著论百年昌。
经纶万事无私念,一片丹心慰热肠。

咏桂林王城

靖江开府定南毁,治乱纷纷一局棋。
际会英雄争辈出,风云冠冕逝如斯。
魁星频占翰林苑,元首亲麾北伐师。
池滨月牙龙隐地,峰高独秀近紫微。

注:桂林明靖江王府原址为元顺帝潜邸,明亡后为明降将定南王孔有德府第,1652 年,张献忠部将李定国率军

攻桂林，孔兵败自焚，原建筑被毁。清代于原址修建贡院。民初，孙中山北伐时驻节于此。

游独秀公园

小园偶值看新晴，蝶舞蜂飞乳燕轻。
一柱擎天通世外，清池滴水见沧溟。

靖江王府观桂花盛开即兴

湘南峤楚郁苍苍，癸水离山舜迹乡。
雾里弥天珠玉翠，坊间是处米金黄。
蓬莱火树翻奇彩，月阙银花散异香。
四海宾朋忙夜日，凌波百里过横塘。

王城雅集祝辞

为迎接雪斋先生来桂聚会而作

丁亥吉岁，时过重阳，始安故郡，漓岸其昌。金风送爽，丹桂飘香。喜迎嘉客，再谱新章，步青云之玉陛，会俊彦于华堂。有弦歌以悦耳，登雅颂而宫商。观紫气之凛凛，接文物于琳琅。集时贤于文苑，游繁富以徜徉。

副晨昏之企望，令群绪以高昂。诗书画卷，领秀群芳。无非契友，尽属同行。悟人生之坎坷，历希古之沧桑。休怜迟暮，面对朝阳。排腥臊于杂沓，发传统之辉光。建文明以灿烂，务国粹之弘扬。追风流之倜傥，尚翰墨而呈祥。陈思才八斗，王勃序滕王。续兰亭之后集，慕赤壁之前章。不称词赋，聊表衷肠。仰诸公之高妙，叹才尽乎江郎！

李育文(诗词三首)

李育文,1926年生,湖南临湘人。历任桂林市群众艺术馆馆长、中华诗词学会理事、广西诗词学会副会长、桂林诗词学会会长等职,著有《育文诗文选》、《诗词联》等。

咏独秀峰

一峰不与众山同,独自飞临闹市中。
久在名山称独秀,只缘天斧有奇功。
如莲出水添春色,似剑穿云刺碧空。
兀立江干翘首望,南天一柱实峥嵘。

登独秀峰俯瞰全城

石级三零六,天梯一尺宽。
奇峰晨雾里,玉宇翠微间。
罗带漓江水,玉簪桂海山。
悠然临绝顶,四化改城颜。

满江红·咏独秀峰

威立城中，群峰里，巍峨拔萃。经风雨，嶙峋傲骨，飞红吐翠。突兀雄姿临桂海，风骚脉络通经纬。听鸟鸣，胜地尽奇观，游人醉。

测天宇，凌汉际，舒望眼，辨真伪。五千年历史，暗明兴替。忆昔仍流忧国泪，喜今不再金瓯碎。振中华，巨臂猛挥鞭，全无畏！

◈蓝常周（诗一首）

蓝常周，1949年生，广西马山县人。壮族。原广西师范大学副校长、教授、硕士研究生导师。现任广西师大乐年学院院长、广西师大老科技和老教授协会会长、广西领导科学研究会副会长。爱好诗词，创作诗词数百首。

王城感赋

壁垒方城四拱门，
春秋六百鉴雄魂。
靖江皇族今何在，
唯见楼台古韵存。

蒋昌龄(诗一首)

蒋昌龄,1940年生,广西桂林人,大学毕业,中学高级教师。中华诗词文化研究所研究员,桂林诗词学会理事。

独秀峰晚眺

挺身绝顶叩苍穹,
揽月拿云胆气雄。
拌落星辰百万颗,
装潢楼厦九千重。
四湖连浪通银汉,
两水抱城飞彩虹。
新景如花开遍地,
只缘改革是春风。

何开粹（诗词二首）

何开粹，1943年生，广西武宣人，壮族，北京大学中文系毕业。原桂林市政协文史委调研员、研究馆员、中华诗词学会会员、广西作家协会会员，著有《漓江遗韵》、《桂林抗战文化城诗词选》等数种。

咏独秀峰

峰名称独秀，奇绝冠群伦。
拔地雄姿立，擎天壮志伸。
堂镌五君咏，崖现百贞珉。
岭海千山仰，巍然更有神。

菩萨蛮·偕北大校友登独秀峰感作

燕园昔日多风雨，彩云飘向天涯去。往事每重温，同窗梦里寻。

重逢人已老，共读沧桑稿。携手上奇峰，情融夕照中。

宿富连（诗二首）

宿富连，1943年生，广西兴安人。中山大学哲学系毕业。桂林市委党校原第一副校长、桂林诗词楹联学会副会长、享受国务院政府特殊津贴教授。

雨后登独秀峰

一

此峰飞立市街中，疑是神刀鬼斧功。
剜壁削崖赢独秀，参天拔地显奇雄。
高临绝顶群山小，远眺漓江一水宏。
雨后名山增丽色，千姿百态展新容。

二

谁插芙蓉雾霭中？ 娇姿媚态倚天功。
芳流胜境山川秀，翠滴名城画卷雄。
拔地方知霄汉近，摩天更觉桂山宏。
登临正遇天时好，日照奇峰艳丽容。

覃延欢(诗词四首)

覃延欢,1935年生,广西武宣人,广西师范大学历史系教授,硕士研究生导师。桂林、广西诗词学会会员,著有《独秀诗草》。

颂桂林王城

桂林市内一宫廷,城固门深早建成。
绿瓦红墙呈气派,云阶玉陛显威名。
栏杆石刻玲珑美,独秀碑文古雅精。
昔日藩王居住地,今朝行旅读书城。

咏独秀峰

拔地参天起一峰,悬崖绝壁势峥嵘。
南朝太守临岩洞,历代嘉宾留影踪。
探岫名人扬士气,攀峦游客展雄风。
若来顶上凭栏望,桂海山光入眼中。

鹧鸪天·王城办学圣地

独秀峰旁一翠岩，书声不断越千年。延之太守勤攻读，贡院书生乐苦研。

施教化，重诗篇，学宫最早建山前。兴邦有赖人才旺，正待王城桃李妍。

喜迎广西师范大学 80 华诞

东风化雨喜临门，培育英才壮国魂。
一柱擎天称独秀，八旬树木长林荫。
雁山新舍开生气，母校王城奏好音。
更待春来花怒放，芬芳桃李万人钦。

◈石瑞鹏(诗一首)

石瑞鹏,1939年生,广西藤县人,高级农艺师,县人大常委会农村工作委员会主任,藤县诗词学会会员。

赞读书岩

书岩胜迹远嚣尘,
借作诗坛意境新。
诸子华章冠独秀,
众师杰作盖群伦。
传承国粹追前彦,
培育英才启后人。
五凤楼成工不懈,
阳春白雪竞缤纷。

张一民（诗一首）

张一民，1923年生，广西大新人。广西师范大学历史系教授。爱好诗词，著有《乐生山房诗草》。

独秀峰

顶天立地一奇峰，
老树新苗竞茂荣。
雪侮霜欺历万劫，
青山依旧笑春风。

◈欧阳若修（诗词二首）

欧阳若修，1928年生，湖北公安县人，广西师范大学文学院教授，著有《欧阳若修诗集》。

忆江南·桂林独秀峰

称独秀，信口是谁夸？孤柱撑天终不济，群峰绵亘斗芳华，萧萦一枝花。

独秀峰漫步

岚蒸独秀笑盈眸，半暗犹明月似钩。
行色匆匆芳影怯，屐痕空锁梦千秋。

张次辉(诗一首)

张次辉，1942年生，广西永福人，广西师范大学中文系毕业，曾任桂林市广播电视局副局长，现任桂林诗词楹联学会会长。

独秀峰

闹市孤身性不孤，
乐群岂与众山殊。
金冠玉带非无好，
洞府幽幽好读书①。

注：①山麓有南朝刘宋时期著名诗人颜延之读书岩。

秦仕明（诗一首）

秦仕明，1940 年生，桂林诗词楹联学会常务理事。

览独秀峰有怀

拔地王城彩画间，
削平腹背作题签。
初开石室培儒子，
常换罗衫迓逛仙。
目睹宫余千陛磜，
身纹战后百诗篇。
沧桑往事随时易，
今配飞楼共柱天。

廖德宇（诗一首）

廖德宇，1934年生，桂林诗词楹联学会常务理事兼秘书长。

登独秀峰感怀

登上山巅视野宏，
一城锦绣映眸中。
江边活跃千支鹭，
草地蓬生万棵榕。
秀水奇峰皆艳丽，
名桥广厦竞峥嵘。
书声朗朗传神韵，
新纪王城春意浓！

石维彩（词一首）

石维彩，1937年生，广西藤县人。广西师范大学副研究馆员，著有《荒原行》。

踏莎行·独秀奇闻

独秀奇闻，猢狲乐苑，妥懽太子天天玩[①]，弄猴取乐日无休，江山社稷随他乱。

世事沧桑，朝轮代换，无情岁月兴亡叹。射雕太祖确雄才，儿孙几个孙权半。

注：①妥懽太子即元顺帝，1331年曾被贬居独秀峰旁的大圆寺。

罗敏兴（诗一首）

罗敏兴（1926—2011），广西合浦人，广西师范大学化学系教授，著有《足印集》。

登独秀峰

峋嶙石笋木葱茏，
挺拔南天一柱峰。
朝沐晨曦昕夕照，
明灯星斗耀长空。
倭魔铁弹留惊梦，
警报余音绕旧宫[①]。
世事沧桑今胜昔，
五洲归客尽从容。

注：①抗战时期日寇飞机在峰北麓投弹，死伤多人，峰顶警报至今未撤。

◈魏紫衡（参加《读书岩》诗人雅集及众诗友和诗二十首）

魏紫衡，1931年生，字薇草，号雪斋。广西贵港市人，著有《岁月留痕》等。2005年魏先生到桂林独秀峰参加《读书岩》诗人雅集。他先撰诗一首，参加者随即唱和，共得诗20首。

乙酉（2005年）《读书岩》诗人雅集

魏紫衡

依旧奇香发桂枝，新知旧雨会仙池。
仰观独秀闻天籁，笑倚书岩论古碑。
泻玉飞珠佳句出，流觞曲水妙文驰。
兰亭岂独王君写，我辈风流胜昔时。

以下是《读书岩》诗友的唱和诗：

张一民

柚绿柑红彩满枝，迎来彦俊会瑶池。
读书岩畔谈诗画，龙隐寺中赏字碑。
学浅才疏行文滞，登高望远妙思驰。
你追我赶超康乐，再上层楼莫误时。

杨达荣

旧雨多情唱竹枝，新朋高会月牙池。
颜公首化开功业，郡守始安留口碑。
宇内秀峰诗挺立，寰中叠彩韵飞驰。
兰亭雅集成陈迹，今日风光异昔时。

卢　斌

十月金秋果满枝，良朋欢跃聚清池。
华章相赠情千斛，雅韵歌吟曲万支。
一柱南天佳句遍，千年往事后人知。
游山读史添思广，皓首风流胜少时。

黄荫荣

桂子飘香挂老枝，亲朋再会月牙池。
颜公美誉今犹在，学子书岩颂古碑。
祝酒八方佳句出，飞觞九曲美文驰。
兰亭大致高才写，尽得风流正此时。

樊运宽

桂子金秋香万枝，友朋幸会聚瑶池。

同登独秀吟天问，共探层岩赏石碑。
丽句佳章着意和，词场诗苑寸心知。
兰亭风雅堪称羡，更喜今朝颂盛时。

覃延欢

读书岩近月牙池，历史深悠人共知。
昔日颜公酣读处，如今师大学书迷。
月牙池里鱼游荡，独秀峰旁碑刻齐。
历代文人留墨迹，今朝我辈探神奇。

石维彩

退隐群公攀桂枝，中山塔畔会牙池。
读书岩展擎天笔，独秀峰标道德碑。
盛世山河增丽彩，文坛骚客任驱驰。
王城和唱留佳话，共度良辰大好时。

罗敏兴

仰止标高鹤闹枝，清波鱼跃聚芳池。
簪峰忆旧西窗客，主义常新哲者碑。
学步诗坛探秘奥，读书岩外育英资。

悠游倦鸟休言暮，南韵流觞值此时。

费兴标

桂子年年香绕枝，游鱼对对跃牙池。
奇峰独秀邀贤会，石韵名篇镌石碑。
经济繁荣文运好，诗云旺盛笔锋驰。
休言我等无名辈，国粹弘扬正适时。

毛毓松

丹桂葱茏绽瑞枝，东来紫气满秋池。
读书岩内谈经术，独秀峰前识御碑。
征和赋诗君意笃，忘言成韵我心驰。
群贤毕集同吟赏，师友切磋盛一时。

何汉文

万里飘香溢桂池，王城内外绿茵滋。
新朋旧友扬睿志，异口同声颂古碑。
南国高僧传玉叶，北山子弟拣金枝。
紫袍金带擎天柱，昂首飞歌与共驰。

冯启瑞

金桂飘香花满枝，骚人雅聚近牙池。
颜公笃学留行迹，我辈躬耕有口碑。
卸教休闲情未了，感时怃事绪飞驰。
今虽年岁稀龄近，种草栽花尚惜时。

石兰香

南天一柱显雄姿，自古芳名已远驰。
壁上文人留墨迹，岩中才俊有传奇。
山前我自寻佳品，池畔群贤觅丽词。
更喜桂香迎雅集，亲朋旧雨共吟诗。

农方团

学府园林满翠枝，儒生风采艳清池。
师承太守凌云志，研习中山旷世碑。
创业才思盈激涌，兴邦意愿奋飞驰。
晴和气爽尧天日，正是鲲鹏搏击时。

曾宪章

魏紫桃红花满枝，春风衡暖绿荷池。

书生倚槛思天籁，骚客登峰品字碑。
一柱南天凭地出，万般骏马任君驰。
精文诗苑千军写，故郡新都是盛时。

许美霞

金桂飘香花满枝，诗朋共聚月牙池。
登高独秀闻天籁，漫步书岩赏古碑。
短制长篇诗意雅，阳春白雪激情驰。
留痕岁月多佳作，拜读瑶章喜及时。

莫接弟

桂树飘香千万枝，诗朋兴会聚瑶池。
南天一柱横天宇，诗赋千章镌石碑。
往昔颜公勤苦读，而今群凤竞飞驰。
神州新纪阳光灿，泼墨挥毫最适时。

梁琼枝

桂花十月挂盈枝，迎迓嘉宾聚月池。
颜氏王城开教化，诗坛新纪树丰碑。
革新开放时光好，作赋吟诗文思驰。

览胜登高歌盛世，发抒心曲正逢时。

张振球

金秋香桂放千枝，哲士文人会月池。
独秀峰前同朗诵，读书岩外共寻碑。
情缘缕缕心花放，意绪翩翩意逸驰。
十亿神州兴四化，挥毫泼墨颂清时。

杨怀武(诗九首)

杨怀武(1932—2010),湖北监利人。1958年毕业于广西师范大学中文系。桂林教育学院副教授。中华诗词学会会员,曾任广西诗词学会理事、桂林诗词学会副会长,著有《桂林揽胜》。

游独秀峰

南国碧天一柱擎,石城内外遍芳英。
攀登为报凌云志,俯仰畅舒壮士情。
舟卷浪花百尺锦,笋穿天幕万山青。
还祈峰顶增千丈,好驾云头望北京。

登独秀峰

一阶梯见一宏图,极顶心高眼更舒。
缭绕烟含千户笑,滚翻云似万羊驱。
簪峰环插向阳笋,带水溅飞明月珠。
安得霜锋裁秀色,张张贴入世人庐!

回母校重登独秀峰

（一）

为借云巾抹俗尘，再朝独秀顶峰登。
眼中人物皆非旧，山下风光尽变新。
园树笼烟小李句，江波流彩大苏文。
层楼竞耸春风暖，桃李芬芳远近闻。

（二）

一任汗流如串珠，高瞻欣喜物华殊。
俯观草木影形小，遥看乾坤界线糊。
四面山围千马聚，百层云涌万旗舒。
回头再向校园听，阵阵书声上九衢！

新咏独秀峰

形象巍峨引万睛，从容姿态任人评。
绝无裙带拉关系，全靠高瞻晓世情。
拔俗堪称南国柱，擎天遥抑北京城。
长将身畔池为镜，皎皎玉壶冰鉴清。

王城桃花开放

顿觉银河云彩开，春光春鸟共徘徊。
枝枝绽吐琼瑶玉，朵朵舒施锦绣才。
姿态横生艳城郭，馨香直送到书斋。
依稀天上蟠桃种，应谢东风着意栽。

咏月牙池

——献给母校教师

鸾镜弯弯斯处开，天光云影共徘徊。
清明一似明蟾落，鲜活因多活水来。
畅自灵泉收玉液，酿成春色映书斋。
还邀时雨惠风至，培灌园中栋柱材。

再咏独秀峰寄意

（一）

参天拔地屹城中，屡历沧桑性愈恭。
愿作轴心环结友，羞夸已秀独称雄。
甘为梯级肩千士，屡送贤良上九重。
日自沐风窥月镜，一池清浪响叮咚。

（二）

万岭环围意气雄，南天一柱碧葱茏。
高标欲唤尘寰起，特立何忧云雾封。
超俗自能成一格，参天更可导千峰。
何当揪得玉皇耳，常洒甘霖下九重。

刘国勳(诗词六首)

刘国勳,1934年生,江苏人,桂林中学高级教师,桂林诗词学会副会长,著有《桂林山水诗联三百首》等。

沁园春·登独秀峰

玉笋攒生,剑铓环插,云袷千重。看断崖幽洞,修篁翠柏;繁花馥郁,嘉木葱茏。怪石嶙峋,巉岩突兀,叠彩巑岏烟雾濛。漫凝眼,叹江如绮带,飘荡苍穹。

仙翁慈态从容,响芦笛,奔腾九骏雄。眺双狮览胜,一鸡怀月;橐驼负驮,天马行空。虎啸惊冥。龙吟撼地,象恋清流酣饮中。蓬莱境,赞风光旖旎,悦目舒胸。

独秀峰

奇峰一柱南天插,挺秀峻嶒霄汉凌。
拔地嵯峨成独岫,擎天突兀伴群鹰。
众山环拱朝云绕,一水潆洄暮霭升。
蹑磴跻攀登绝顶,乘风驾雾欲飞腾。

咏独秀峰

拔地嵯峨万笋围，擎天一柱势崔巍。
披霞玉立妖娆弄，光烨峰亭荡翠微。

“三元及第”和“状元及第”石碑

榕城自古人文秀，进士翰林常涌驰。
最慕继昌才盖世，三元及第历朝稀。

谒孙中山纪念塔

集师北伐王城驻，先哲为公济世筹。
留得遗踪瞻仰处，丰碑长峙耀千秋。

读书岩前怀南朝诗人颜延之

秀峰东麓名岩屋，太守常来书苦读[1]。
五咏华章自况诗[2]，直言刚毅轻膦禄。

注：①颜公因得罪尚书而被贬官，后至桂林任始安郡太守；②他曾写了有名的华章《五君咏》，歌颂“竹林七贤”中的五贤——嵇康、阮籍、阮咸、刘伶、向秀。而山涛、王戎后来做了晋朝大官，故弃之不咏。颜公常以《五君咏》自况。

◈卢　斌（诗一首）

卢斌，1935年生，广西都安人，广西师范大学副研究员，桂林、广西诗词学会会员，著有《芙蓉斋诗集》。

登独秀峰

云淡天高月融融，
攀登独秀上苍穹。
奇峰垒垒烟霞聚，
秀水悠悠岸柳秾。
四面琼楼灯闪闪，
八方大道辇匆匆。
我来顶上凭栏望，
桂海如鹏气势宏。

◈陈登岳（诗一首）

陈登岳，1949 年生，福建福州人。网名贾博士，广西师范大学副研究员。桂林、广西诗词学会会员，中华诗词学会会员。发表诗词数百首。

独秀峰咏

傲然独立视人寰，
冷暖扶桑耳目端。
浮寄今生忧乐赋，
横流沧海水天宽。
孤峰放眼云舒卷，
断嶂殚思心越攀。
击节清歌诗佐酒，
高怀奋笔势联翩。

唐道汉(诗一首)

唐道汉,1931 年生,湖南零陵人,广西师范大学物理系副教授。

咏独秀峰

卓然矗立势豪雄,
独秀高标桂海中。
欲赏明珠全景貌,
劝君登上此奇峰。

黄荫荣(诗一首)

黄荫荣,1932年生,广西都安人,广西师范大学副研究馆员,桂林广西诗词学会会员,著有《圆梦斋诗集》。

赞独秀峰校园

亭边仰望入云霄,
胜迹今瞻胆气豪。
拔地千山环野立,
凌云一柱插天高。
江南地暖春来早,
李白桃红草木娇。
皓首犹存鸿鹄志,
欢歌盛世乐挥毫。

◈宋赓尧(诗一首)

宋赓尧(1923—2011),江西人,广西大学法律系毕业,广西师范大学附中离休高级教师,著有《赓尧诗词集》。

贺广西师大六十周年大庆

灵魂塑造德才兼,
振铎黉门六十年。
勤育栋梁支大厦,
巧培桃李缀芳园。
世间自古尊师道,
时代于今赖教研。
播火传薪弘大业,
树人树木着先鞭。

黄智英(诗一首)

黄智英,1919年生,桂林中山中学退休教师,著有诗集《寒山留韵》。

独秀峰

孤峰矗立古城中,
一柱南天向碧穹。
今日黉宫幽雅境,
遍栽桃李满天红。

曾宪章(诗二首，联一副)

曾宪章,1930 年生,广西临桂人,中国人民银行桂林中心支行处级干部,桂林和广西诗词学会会员,著有《秋桂诗集》。

独秀峰

(一)

秀石飞来桂海中，顶天立地傲苍穹。
刀风剑雨知多少，铁骨铮铮不改容。

(二)

凿壁诗书绕秀峰，银钩铁画令君崇。
紫袍金带沿崖挂，一柱南天气贯虹。

对联(王城后门楼门联)

王气已随潮水去，
书香犹自蕙风来。

石兰香(诗一首)

石兰香,1943年生,福建武平人,广西师范大学副处级干部,桂林和广西诗词学会会员。

王城校园

独秀清池衬古墙,
繁花碧草映芸窗。
阳光普照多甘露,
万树今朝成栋梁。

粟瑞琼（诗一首）

粟瑞琼，1940年生，广西临桂人，大学本科学历，现为中华诗词学会、广西诗词学会、桂林诗词楹联学会会员。发表诗词数百，原桂林市统计局副局长、高级统计师。

登独秀峰

碧水青山现，
东风耳际吹。
危岩高处站，
脚下彩云飞。

吴先逵（诗一首）

吴先逵，1934 年生，广西博白人，广西师范大学政治系教授，硕士研究生导师，曾任政治系副主任，广西哲学学会理事，桂林哲学会会长，发表诗词百首以上。

王城校园

南天一柱傲苍穹，
峰府齐名世敬崇。
文脉承传经百代，
碑林崖刻越千重。
书声朗朗传城内，
乐曲悠悠绕院空。
师大辉煌添锦绣，
粤西名校共存荣。

农方团(诗词三首)

农方团,1933年生,广西龙州人,广西师范大学文学院教授,著有《桂林山水妍醉人》。

王城春秋

四楹殿户含天宇,三里宫墙六百年。
望柱勾栏留显贵,云阶玉陛记威权。
青崖榜刻夸峨岫,府第文衔赞圣贤。
星帜招阳辉御路,莘莘学子谱新篇。

小重山·王城学府

昔日朱家荣邸园。宫门连殿宇,叹流年。后人浮想古楼前。狂澜涌,城堞换新天。

砚友玉声喧。书声谐乐曲,彻峰峦,心怀国事业精专,如独秀,风骨峭南天。

靖江王城

桂林邑内古城妍,独岫巍巍耸昊天。
峰壁摩崖碑刻湛,颐园幽径卉花鲜。
正功诗典蜚都外,王族明宫誉世间。
世俗潮流东逝去,人文山水永兴看。

陈剑之（联三副）

陈剑之，1943年生，广西桂平人，广西师范大学文旅学院副教授，书法家。

王城后门楼门联

宫苑变学堂风景依旧；
藩王成往事时世更新。

环秀亭联

碧水深池亭影秀，
孤峰小岛月光寒。

王城后门楼门联

绿水青山正是后宫景致，
朱楼画阁尚存王府遗风。

王　松(诗一首)

王松,1943生,广西桂林人,原桂林诗词学会理事。

仰观独秀峰宋朝王正功题壁诗

评品风光立论新,
推崇名句识诗人。
正气为官抛宠辱,
移情雅赋慰廉贫。
如寻漓水千峰秀,
不忘正功七字神。[①]
今朝锦绣重装点,
独领风骚永驻春。

注:①“桂林山水甲天下”句。

童怀章（诗一首）

童怀章，1934年生，湖北黄冈人，曾任湖北黄冈地区外事、侨务办公室主任，湖北省诗词学会常务理事。

独秀峰

孤峰独秀紫金山，
挺拔穿云势莫攀。
曲折迂回三百级，
涌泉凿月望中看。

◈张　华（诗一首）

张华，1911年生，广西来宾人，曾任广西壮族自治区林业厅厅长，自治区政协副主席、广西诗词学会副会长等职。

独秀峰

一柱擎天不折腰，
满城丹桂助风骚。
靖江王子今何在？
不废山河万代娇。

唐甲元（诗一首）

唐甲元(1925—2003)，广西玉林人，广西大学毕业，曾任广西诗词学会副会长，桂林诗词楹联学会副会长，著有《望山楼诗草》。

独秀峰

何必骄矜称独秀，
应知山水贵虚心。
纵然目下群峰小，
一树孤标不是林。

◈黄家蕃（诗一首）

黄家蕃，1932年生，广西北海人。曾任北海市志办副主任、广西诗词学会理事。

登独秀峰

一峰标突兀，
危蹬绕崚嶒。
拔地惟孤耸，
擎天何独膺。
躬邻九霄月，
足拥万家灯。
遗恨徐霞客，
虽来未得登。

万竞君（联一副）

万竞君，1932年生，江苏人，复旦大学毕业，广西师范大学文旅学院教授。

王城后门楼门联

王城载誉缘独秀；

士子惊魂近棘闱。

◈周满江（联一副）

周满江，广西师范大学文学院教授。

独秀峰太平岩门联

入洞朝星悟人生真谛；

归家省道学易理妙机。

后　记

近年来我们收集了自古至今骚人墨客赞颂独秀峰王城的诗词对联和题字榜书，汇成《独秀峰王城题咏》一书出版。这本书的出版是与各方面的关心、支持和帮助分不开的：蓝宪民同志和王城景区为本书提供图片；桂林图书馆和文旅学院资料室为我们提供查阅史料的方便；何开粹同志给我们提供了许多诗词材料，并对本书当代部分作了认真审阅和修改；陈剑之同志题写书名。在此一并致谢！

覃延欢

2012 年 4 月于桂林王城

主要参考书目

1. 汪森编辑:《粤西诗载》,广西人民出版社 1986 年版。

2.《桂林石刻》上、中、下三册,桂林市文物管理委员会 1977 年编印。

3. 张次辉主编:《桂林近四百年名家诗词选》上、下册,中国文史出版社 2008 年出版。

4. 何开粹编著:《桂林抗战文化城诗词选》,华夏出版社 2009 年出版。

5. 何开粹、宿富连主编:《桂林历代楹联宝典》,广西人民出版社 2011 年出版。

6. 张益桂著:《广西石刻人名录》,漓江出版社 2008 年出版。

7. 桂林市文化研究中心编:《桂林山水诗词精选》,广州出版社 1994 年出版。

8. 吕集义编辑:《秀峰饯别集》,1945 印,收藏于桂林图书馆。

9.《乙酉(2005)独秀峰读书岩诗人雅集》,收入魏紫衡诗集《万绿摇风》,中华诗词出版社 2010 年 12 月出版。

10. 广西诗词学会编:《新纪诗萃》(《八桂诗词》2001—2010 年诗词选),广西内部资料性出版物 2012 年 1 月出版。

11. 樊运宽主编：《咿唔集》(《读书岩》百期诗词选)，国际炎黄文化出版社2011年出版。

12. 樊运宽主编：《阳光风雨吟》(广西师范大学乐年学院诗词班诗集)，大众文艺出版社2009年出版。

13. 樊运宽、黄绍清主编：《峥嵘岁月放歌》(广西师范大学乐年学院诗词班诗集)，大众文艺出版社2009年出版。

14. 毛毓松主编：《月牙吟》(广西师范大学乐年学院诗词班诗集)，中国文联出版社2006年出版。

15. 樊运宽主编：《闲逸诗草》(广西师范大学乐年学院诗词班诗集)，中国文联出版社2004年出版。